作者近照

微风吹过毛毛草

左志国 著

中国法制出版社
CHINA LEGAL PUBLISHING HOUSE

目录

第一辑　平芜尽处 / 001

穿越销煤簿 / 003

河　祭 / 010

平芜尽处是春山 / 017

何事吟余忽惆怅 / 026

居延读“海” / 034

苦难辉煌的中华巴洛克 / 038

又闻杏花谢 / 043

家乡打夯歌 / 045

疑虑尽释 / 049

别有风采 / 051

第二辑　林下泉声 / 053

王圆箓与张洛盘 / 055

百年沧桑话春谊 / 060

蒲松龄的幸与不幸 / 064

为潘悫在殷墟的欢呼雀跃喝彩 / 069
“国图”里面叹读书 / 074
可怕的“分析” / 077
三发朋友圈 / 081
“豁达君子”的麻花人生——读《我是落花生的女儿》/ 084
猴的解析 / 088
鸡栖于埘 / 091

第三辑　此情可待 / 095

父亲的榆木情 / 097
老妈逸事三则 / 101
车过万重山 / 106
地之骄子 / 108
远书珍重何由答 / 114
愧为人师 / 122
不老的唐槐 / 124
装修记 / 131
把粥话桑麻 / 139
高中毕业　三间房 / 141
二两流 / 143

第四辑　涧边幽草 / 147

一把毛毛呼 / 149
送葬的礼炮 / 156

六草包打坯 / 161
“一直拐”装傻 / 164
八成吃饱墩 / 167
老红姐 / 169
半口气 / 172
大粗腿 / 175
小脑袋子 / 178
张过秤打光棍 / 181
王兰虎 / 184
死轴车　一根筋 / 186
爹不是亲爹，奶奶也不是亲奶奶 / 189
煳爆咸食 / 192
大五八 / 196
鸡蛋小传 / 200
好人五婶 / 203
香　菊 / 205
猛一起 / 208
老占方 / 210

后　记 / 213

第一辑

平芜尽处

穿越销煤簿

井陉矿区有座闻名遐迩的段家楼，那是时任北洋政府总理兼陆军总长的段祺瑞及其家族入股某煤矿公司后，于1913年兴建的总经理办公大楼、小姐楼、公子楼等德式建筑群。段家楼的总经理办公大楼二楼的橱窗里展示着几册账簿，其中一个是销煤簿。销煤簿的纸张有点泛黄，各栏目用钢笔填写，看上去一丝不苟，字迹娟秀。当年钢笔还没有普及，填表人用笔却十分老练，很明显，其硬笔书法颇有功夫。我仔细分辨记录的内容，上面是煤炭销售的类别、吨数、单价、总价等。账簿的第一行，显示“民国二十三年十月二十一日，销售煤块二十五吨”。再往下是逐日销售煤炭的流水记录，最末一行记录到“民国二十三年十月三十一日”。“民国二十三年”，也就是公元1934年，这个年份让我心头一震，猛然感觉这本账簿或许与我的祖辈有着某种联系。

在行唐县西北部丘陵地带有一个小村——南窦庄，1930年母亲出生在这里。母亲4岁（虚岁）时，姥爷收到一封书子（信），说来井陉下煤窑，可以养活一家老小。姥爷兄妹俩从小父母双亡，妹妹先是嫁到行唐北部山区，后流落到井陉，知道哥哥一家难以度日，写了这封书子。收到书子，姥爷姥姥打点家里的破家当，分作两副担子，姥爷挑一副，12岁的大舅挑一副，姥姥连抱带拉领着10岁的大姨、6岁的二舅和我4岁的母亲，一家6口往井陉进发。我用电子地图查了一下，南窦庄距矿区78公里，健康成年人空手步行每小时约四五公里，掐指一算，从南窦庄到矿区需要16到20个小时，除去吃饭睡觉的时间，大约需要2到3天。姥爷一家担囊带橐，拖儿带女，姥姥又是小脚，一路艰辛，难以想象。我问过母亲，走了几天？在哪儿吃饭？在哪儿睡觉？她说年龄太小记不清了。姥爷当了煤黑子，挣到的那点钱没有带来喜悦和希望，反而给全家心头压上了一块大石头。煤窑今天死人，明天死人，天天死人，姥爷带回来的都是坏消息。家人每时每刻都担惊受怕，生怕哪天姥爷永远回不到家里来。有一次窑里又出事了，和姥爷一起下窑的人死了好几个，他侥幸生存。姥姥彻底怕了，说要是有个三长两短，这帮小崽儿怎么活？坚决不允许姥爷再下窑了。就这样，一家老小又担囊带橐，沿着来时的路，千辛万苦返回了南窦庄。两间半破房本来就是残垣断壁、绳床瓦灶，长时间不住，蛛网遍布，蛇鼠出没，又没有吃的，面对嗷嗷待哺的儿女，姥爷姥姥走投无路，四处求助，这家要顿饭，那家讨几根菜。姥爷的两个姨姨伸出援手，一家送来一副石磨，另一家送来一斗黄豆，说："你们磨豆腐吧，豆腐卖了，豆渣吃了。不能让孩子们饿死啊。"自此，姥爷姥姥卖起了豆腐，豆渣养大了我母亲以及三个舅舅和两个姨姨（从井陉回来，三姨、三舅陆续出生）。

面对销煤簿上清秀的蝇头小字——"民国二十三年"，我进行了简单推算：那是1934年，母亲一家到井陉，是1933年。这个账簿记录的销煤时间，可能与姥爷下煤窑的时间相重叠，上面记录的某天销售的煤炭，或许就有姥爷用镐头刨下来的乌黑的煤块。我的心随着这本账簿穿越近百年，似乎看到姥爷一家衣衫褴褛、两副担子、手拿破碗艰难地走在山路上；又似乎看到姥爷光着膀子，浑身煤黑，嘴衔油灯，挥动镐头吃力地向面前黑黑的煤层刨去；也似乎看到姥姥踮着小脚，站在村口，焦急地等待姥爷回来。

90多岁的母亲，腿脚不利索，耳朵有点背，但脑子清楚，常给我们讲古。对于逃难井陉的经过，她只记得返回的路上，姥姥在一个水打磨旁边，给她洗了洗脸。母亲曾经问过姥爷，煤窑什么样，有多深。姥爷告诉她，煤窑就是一个黑洞，曲里拐弯，多深说不清，下去时坐着罐车咕咚咕咚下去，上来时也是罐车，挖煤用镐头。黑洞洞的煤窑，就是一个吃人的妖怪，说不清什么时候就变脸，死的人多了去了。我和母亲说，姥爷姥姥要是胆子大点，坚持一直下煤窑，是不是比卖豆腐挣钱多，日子会好些？母亲不以为然，说从井陉回来后没几年，日本人就占了井陉矿，煤黑子更惨了，被饿死、砸死、炸死的太多了。母亲说："我姑家的小表弟，十三四岁让鬼子抓去挖煤，时间不长就死在里边，尸首都没有地方去找。听说有的还有口气，就扔到南大沟了，任凭狼拉狗拽。你姥爷不离开煤矿，命能好到哪儿去？十有八九你大舅二舅也得死在里边。你姥爷要是死在煤窑，一家人怎么活命，哪里还会有你们？"

在距段家楼三四公里处的南大沟万人坑遗址，建有井陉矿区万人坑纪念馆，馆外有两组雕塑，是成百上千双向上伸出的、挣扎求生的、黑黑的、变形的手。在纪念馆里，那些记录矿工悲惨生活的照片令人不忍直视，日本鬼子惨无人道的暴行压得人透不过气来。这里的氛围和南京大屠杀纪念馆一样，有着让人难以描述的悲愤、苦闷和压抑。有两幅照片，一幅是逃难的一家人，破衣烂衫，胡子拉碴的男主人，侧躺在地上，奄奄一息，后面蹲着一个妇女，表情痛苦无助，妇女背着一个孩子，旁边有一个稍大点的孩子，用绝望的目光看着妈妈。另一幅是一张卖身契，注明"民国三十二年"张姓男子因家贫不能养育，卖掉了10岁的女儿。

第一幅照片，让我似乎看到了当年姥爷一家逃难路上的情景，第二幅照片中的卖身契，被卖掉的女儿比我母亲小3岁。正如母亲所说的，如果姥爷不离开煤矿，说不定母亲也会有这样一张卖身契。

段家楼总经理办公楼展示的销煤簿旁边，展示着一册“石家庄委托购买原簿（第一册）”，上面注明“昭和十五年八月”，这是日本侵占煤矿、掠夺煤炭资源的罪证。姥爷一家躲开了日本侵占煤窑后更加悲惨的命运，在南窦庄却没有逃离侵略者的魔爪。母亲十来岁时，日本人在南窦庄旁边的村子修了炮楼，不管是白天还是黑夜，也不管是炎热的夏天还是冰天雪地的冬日，一有风吹草动姥爷就得带着一家老小往山夹里躲避。“石家庄委托购买原簿（第一册）”写明的“昭和十五年”即1940年，日本人把母亲家两间半破房子烧了，屋里有个瓮也烧崩了，姥爷在灰烬里清理出半瓮谷子，一家人借住在邻居家的牛棚，靠着烧煳的谷子度日。

在南窦庄，渐渐长大的大舅和二舅参加了抗日活动。姥爷家的房子被日本人烧掉后，一家人无处住，党的工作人员动员18岁的大舅参军，大舅参军后，党组织帮着把两间半房子重新进行了翻盖。大舅跟随八路军在涞源、涞水、易县一带打仗。易水古有荆轲，后有狼牙山五壮士。大舅算不上英雄，但英雄般地完成了一次壮举。据说1943年，大舅在狼牙山麓、易水河畔参加一次战斗，100多个日本人包围了他们的山头阵地，战友们死的死、伤的伤，他边打边撤，最后在一道山梁的顶上，敌人的手雷砸在他的肩上滚落脚下炸伤了他的小腿。他想，宁可跳崖摔死，也不能让日本人的刺刀扎死，把枪往怀里一抱，就地来个十八滚滚下了山崖。大舅命大，落在山底的一个茅柴堆上，被接应的民兵救起，后被评为二等甲级残废。二舅十一二岁当儿童团团长，15岁加入共产党，17岁被日本人抓住关进地牢。他在牢里策反了看管牢狱的伪军，两人找机会双双逃出虎口。二舅后来在正定上党校，成了国家脱产干部，被分配到井陉工作。借工作机会，二舅到曾经逃难的小村看望姑姑，可惜姑姑已惨死。

经历过井陉逃难的几位亲人，现在只剩下母亲一人。姥爷在我出生前就去世了，听母亲说，那只是着了一点风寒，但当时缺医少药，没有得到及时治疗。姥姥去世的时候我还不记事。大舅命苦，排行老大，10来岁就给别人家小做活，12岁担着担子逃难井陉，参军后被炸伤了小腿，落下终生残疾，结婚后大妗子患病，30多岁就去世了。大舅又当爹又当娘，靠着面糊先后养大两个表哥和一个表姐，70多岁得了脑血栓，瘫痪在床10来年后去世。大姨15岁出嫁，丈夫早逝，改嫁后当上后娘，生下4女3男，小女儿不幸夭折，大姨夫在50岁出头去世。大姨独自挑着家庭重担，给儿子们修房盖屋，张罗媳妇。儿女们成家后她也不闲着，给这家带孩子，帮那家收秋种麦，95岁寿终正寝。二舅是母亲兄妹中最有本事的，从小就是干部苗子，参加工作后处处受重用，后来遭人诬陷，说他收受5块钱的井陉煤块，前途就这样断送了，抑郁成疾，50多岁患肝病去世。

说到参观段家楼的事，母亲十分怅然："你姥爷下煤窑时，段家楼还是新的，可能更漂亮，你姥爷肯定没去看过，那时都有兵把守，走近了都不行。我走不动了，不然非得去看看不行。我还想到曾经逃难的村子去看看，你姑姥姥当年那么穷，还让你姥爷带着一家人来，住哪儿？吃什么？真想到她坟上烧个纸，哭一哭她。"我告诉母亲，经过百年开采，井陉煤矿资源已经枯竭，矿井被永久封闭。井陉矿区把段家楼，还有矿井井架、各种设备、老房子、老火车站等遗迹，开发成了工业旅游景区，让人们参观。老母亲一再叹息，老了，走不动了，要不非得去一趟不可。

2021年元旦刚过，石家庄的人都在家封闭，母亲又和我说，不能到井陉故地看看，死都不甘心。为了完成母亲的心愿，清明节后，我再次来到井陉矿区，我要用我的眼睛、相机代母亲看看她昔日曾经逃难的地方。在段家楼景区，初春的阳光格外明媚，盛开的樱花分外娇艳，远处山岭上层层叠叠的梯田，绽放着黄澄澄的油菜花，路边小渠沟里的蛙声欢呼着春天的到来，树丛中传来小鸟悦耳的鸣叫。段家楼总经理办公大楼历经百年沧桑，雄姿依然挺拔。小姐楼前的龙凤观日亭，有“屋脊走兽北洋兵”的奇特设计，挺立在脊顶的北洋士兵，目睹了北洋军阀走马灯似的城头变幻大王旗，见证了日本侵略者的贪婪残暴，亲历了无数矿工的生离死别，最终又沐浴了新中国的灿烂阳光。正所谓“一座段家楼，半部近代史”。

在万人坑纪念馆一侧，有一座死难矿工公墓，公墓的墙上《死难矿工祭》写道：“46000死难矿工，亲历井陉煤矿1899年至1947年那段悲惨历史。德日两国侵略者大肆掠夺我煤炭资源，强掳各地民众下井苦役……侵略者惨无人道，将死难矿工大多抛尸被称为万人坑的南大沟。”昔日的南大沟万人坑，已经改造成公园，垂柳摇曳，金色的国槐刚刚吐出嫩芽，让人不恰当地想起“绿柳才黄半未匀”的诗句。公园的小广场上，有两拨人在踢毽子，更多的一群人远远围在一起，观看群众表演的晋剧。

在母亲曾经逃难的村子里，我向几位老者打听母亲的姑姑，没有人知道这段故事。我绕村子转了一圈，村子一侧是307国道，另一侧是石太铁路，街中心一株500年的古槐生机勃勃，格外茂盛，整个村子古朴中透着现代气息。走在大大的鹅卵石铺就的古街道，不知道是否踏上过母亲曾经走过的那一块鹅卵石。

漫步曾经的煤矿开采区，到处是百年前留下的厂房、井架、设备，昔日的兴盛可以想见；今天的落寞和凄凉，无言地述说着百年的苦难辉煌。它们见证了苦难矿工的翻身解放，经历了新中国的奋发图强，还将见证中华民族的伟大复兴。

翻看我从井陉矿区拍的照片和视频，母亲的老眼闪动着泪花。

河　祭

村东那条河叫什么？村里人不想那么多，只以“河”相称。

河是不是一定要有一个名字？不一定。汪曾祺在《一辈古人·靳德斋》中有一段描述：“天王寺在臭河边。‘臭河边’是地名，自北市口至越塘一带属于‘后街’的地方都叫臭河边。有一条河，却不叫‘臭河’，我到现在还没有考察出来应该叫什么河，这一带的居民则简单地称之曰‘河’。”这可谓与我们的河不谋而合。

后来，我知道河有一个像模像样的名字——部河，心里觉得有些生分。知道她另有名字，我们也不叫，还只管她叫河：河里发水了，河里柳树发芽了，到河里拾柴火。需要说具体方向或者位置时就说：北河哩，东河哩，南河脚；绝不会说部河里发水了，咱到部河摸虾米去。

河从哪里来，到哪里去？我懒得操这个心。当年觉得北河是她的头，东河是她的腰，南河是她的脚。河的北头叫大北河，那是小时候的“北溟”。南头叫南河脚，是小时候的“天涯海角”。长大后听人说河的上游叫颍水，颍水的发源地之一箕山就在西北二三十公里处，天气晴朗时就能看到。颍水南岸有个村子叫颍南。颍水北岸有个古村叫许由。先贤许由曾在颍水洗耳，至今仍有洗耳溪。有关“唐尧访贤”“拒受尧禅”“颍水洗耳”“巢父问答”等传说，在河里流淌了几千年。《史记》还言之凿凿地记载："余登箕山，其上盖有许由冢云。"融入了许由的耳垢，沾过了巢父的牛口，经过了史家的印证，河被装扮得像一条神圣的河。可我觉得，河无非是我们春天打草捋杨叶、夏天玩水捉沙鸡、秋天点火焖山药、冬天冰下逮小鱼的地方。

河不大、不深，平常的夏天，深处可没膝，浅处没脚踝。若发了大水，河面可达百十米宽，水深可没人。冬天，河面只有几米宽，结了冰，过河很方便。河没有岸，没有堤，河道与河岸没有边界，浑然一片，河水大了，河滩就是河道，河水小了，河道就是河滩。河两侧（我不说两岸，因为没有岸）是白花花的河滩，很宽，很平坦。河滩里清一色的杨树、柳树。河滩有的地方算湿地吧，长着茂盛的水草，除了马耳朵草、臭蒿子、野小蒜、野小葱，其他的一律叫不上名字，统称为水草。

人们喜欢把河流比作母亲，但这些母亲都是象征意义的，而对于我们来说，河真的是母亲，因为据说村里的孩子都是从河里捡回来的。我曾经郑重其事地问过爹："我是从哪里来的？"爹也郑重其事地告诉我："一天早晨，我在河里割草，听到一个小孩儿在柳树勃子里呱呱哭，走近一看，一个小小，我就捡起来放粪筐里背回来了，养大了就是你。"接着爹很神秘地告诉我："咱村的大人孩子，都是从河里捡回来的。"所以嘛，村东那条河，真是我们的母亲。

我可能是河的不肖子孙，她生我养我，但我对她，"爱"字却难出口。

没有河，春天，我不用提着篮子，到河里爬到高高的杨树、柳树上捋杨叶、柳叶（这是我们春天的"主菜"），因为我有恐高症，在树上吓得腿直打战。我大娘，一个六七十岁的小脚老太太，用老婆网子把稀稀拉拉的花白头发网成一个干瘪的纂子，走路时腰弯得很深，颤巍巍的。她可能具有强大的生存基因，一生艰苦备尝，战乱中颠沛流离，受冻挨饿，20多岁开始守寡，爱女夭折，这些都打不倒她。她从来没吃过一个药片。她曾说过："想得一次病，好好歇几天。看到人家在药锅里咕嘟咕嘟熬药，家里摆着大瓶小瓶的药片，我就眼气。"大娘年轻时，虽不能飞檐走壁，上树爬墙却是高手，六七十岁了捋杨叶、柳叶，她都会大展身手。若和她在一棵树上就倒了大霉，她会在高高的树梢上故意晃动树枝吓唬我。每当这时，别说捋杨叶，小命都觉得保不住了。看着我搂住树枝哇哇大叫，她咯咯笑，还骂我是没出息的贼羔子，害得我常常空手而归。还有，捋杨叶时，她经常和河对岸村里一帮小子展开遭遇战。他们是我村小孩子们的仇敌，而且是"世仇"。若人少而与他们遭遇，走为上。在保证安全的情况下，可以爬到远远的树上，扯开嗓子，隔空问候他们村所有的姑娘媳妇。若人多势众或旗鼓相当，可以与他们展开弹弓大战，石子、坷垃一齐上。我的臂力小，石子砸不到他们，却有一次躲闪不及，他们的一个石子砸在我的脚面上，脚肿了好久。因为结仇，我们从不敢到他们村看电影，他们也不敢到我们村看电影。双方都会欺生、寻仇，借机群殴对方。直到今天，到了那个村子，潜意识还提醒我：不能暴露我是哪个村子的人。

没有河，我就不会为寻找喔鸾（一种鸟的土名）而逃学，被老师评为"坏典型"。河里最多的是沙鸡，灰白的身体，黑灰的翅膀，会飞，但不喜欢飞，如果不是被追急了，它只贴着湿漉漉的沙滩小碎步跑，很快，看不到它的脚动，像是踩着小滑轮，欻——一大截，停一停，看一看，欻——又一大截。它叫声不好听，我一点也不喜欢它。如果不是恶作剧，才懒得去追赶它。沙鸡、沙鸡，我认为应当是"傻鸡"。听说它不会孵蛋，随意把蛋下在沙滩里，让太阳和沙滩为它孵化，其中许多蛋都被蛇吃掉了。这不是傻是什么。黑老鸹（一种鸟的土名），一抹黑的，只有背上有一片白毛，鬼鬼祟祟，缩头缩脑，常常出没在南河脚的苇子地里。密密麻麻的苇子地，里边泥泞不堪，除了端午节要到苇子地里采粽子叶，谁耐烦去那鬼地方。黑老鸹又讨厌，正眼也不愿意看它。白蓝串（一种鸟的土名），比麻雀还小一圈，喜欢在高高的杨树、柳树的枝缝里窜上窜下，人一靠近它，它尖叫着轻快得像波浪一样一起一伏地窜上蓝天，一下就变成一个小黑点。它目标小，蹦跳又快，用弹弓打，休想。最神秘的是传说中的喔鸾，据说它长着灰黄的羽毛，装饰着小黑点，最让人着迷的是它长着凤头。说它神秘，是因为它把巢筑在湿地中密密麻麻的柳树丛中，而且筑巢的条件很苛刻，非得是4根指头粗细的树枝围成的狭小空间才行。它都是趁没人的时候飞回巢，但不直接进巢，而是远远落下来，警惕地巡视着，看有没有人监视，确认安全后才慢慢进巢。所以人们很难发现它。我每年都想见识一下这种神秘高贵的鸟，但从来没有见过。就连臭小这样的掏鸟高手也没有得手过，这事他亲口向我承认过。人们对喔鸾是只闻其名，不见其身，村里只有大老黑是逮喔鸾的高手，只要他愿意，总能找到喔鸾的窝。大老黑个子不高，人们从来没有见过他的"真面目"，因为他从来不洗脸，人称黑锅底，又称大老黑。他爹娘都是瞎子，靠算卦为生，死的时候给他的临终遗言是千万别算卦，都是糊弄人的。大老黑一生没有别的特长，打鸟逮兔子是一招鲜。秋天，大雁南飞，常常在河里过夜。大雁是大型鸟，人们说一只大雁的肉和一头半大猪差不多，都想吃一口大雁肉。但大雁警惕性很高，晚上会轮流站岗，一有风吹草动就会扑棱扑棱飞起来，所以没有人能得手。一个傍晚，我亲眼见大老黑坐在一辆牛车上，土枪隐藏在车厢里，他佯装成赶车人，慢慢接近大雁过夜的地方。大雁放松了警惕，他开枪下去，居然打死了3只大雁。大老黑是个绝户，看谁也不顺眼，动不动就耍活宝，大人们都躲他远远的。对小孩子，大老黑不拿土坷垃怼就是好事了，想和他学逮喔鸾，没门儿。

没有河，夏天就不会因为在河里摸鱼虾，裤衩让水冲走，光着屁股，难为情不敢进村，饿了多半天，待天黑下来才踅回家。还有我那一双纳底子新鞋，穿着去河滩里割草，忘了脱下来，脚下嗞嗞地往外滋水，鞋底没几天就沤烂了，娘为此狠狠地骂了我。村里在南河脚养了几十只鸭子，让闫洛雨在河里放鸭子。闫洛雨，这名字给人一种湿漉漉的感觉，难怪让他到河里放鸭子。这个瘦瘦的老头，个子高高的，驼着背，稀稀拉拉的山羊胡子，戴一顶破草帽，拿着一人高的破竹竿，跟在一群呱呱乱叫、屁股摇摇晃晃的鸭子后面。这种场面，你会不合适地想到“孤舟蓑笠翁”这句诗。闫洛雨眼神不好，经常把鸭子下在河滩上的蛋丢掉，而村里养鸭子不是为了吃烤鸭，而是为了卖鸭蛋，丢了鸭蛋就是丢了村里的钱。闫洛雨有一次让我帮他捡鸭蛋，让我背着盛鸭蛋的粪筐，还反复问我：“你背的是什么？”我毫不戒备地回答：“鸭蛋。”每次回答完他都哈哈一乐：“好小子。”多少年后，才知道他是在变着法骂我：鸭蛋，压蛋也。还有，那一年放暑假，我从县城回家，河里发了水，我怕河水锈蚀了燕山牌自行车，把自行车扛在肩上过河，到了河中央，河水齐腰深，沙子在脚下打着旋涡，我打了几个趔趄，水差点就把我冲倒了。冲倒了，命没有了不要紧，车子被水泡了还了得！这事今天想起来还后怕。

没有河，就没有树，秋天，秋风就没有落叶可扫。我不用一大早被爹娘从被窝里抻出来，逼着去河滩的背旮旯里搂树叶。那时，河里的风很野、很贼，我的手都被冻裂了。更让人气恼的是，平时文文静静的邻居家大姐姐，手头真快，把我发现的一大片厚厚的树叶抢去了大部分。还有一次，我们偷了生产队里的山药，在河滩里挖了一个坑，在里边烧了好多树枝树叶，把山药放进去，埋好沙子焖山药。香喷喷的山药刚刚挖出来，正要大快朵颐，生产队队长扛着铁锨找来了，训斥一顿不算，还让我们排好队形，轮流背诵毛主席语录，最后将我们押解到学校交给老师处置。那是我唯一一次被老师请上讲台做检查。

没有河，冬天，我就不用跟着爹，冒着寒风，去南河脚看河的小屋子去睡觉。那个小屋子又矮又小，没有窗户却四处漏风，牛犊子大风吼吼叫，从门缝里把雪花卷进来。小屋里盘着土炕，土炕有两个火洞，到了那里，先把树枝抱进来，点着沤火洞。沤火洞是个技术活。烧树枝少了炕不热，冻得缩成一团，叫作当“团长”。烧多了炕太热，炕席都煳了，有时把被子都能烧着，叫作吃“火烧”。除了树枝量合适，关键要让树枝慢慢沤，否则，前半夜火大，搞不好得吃“火烧”，后半夜火熄了，就得当“团长”。我们算得上沤火洞的高手，但一个冬天下来，“火烧”不常吃，“团长”还真没少当。当完“团长”不算完，一大早，爹就把我吼起来，趁着早晨最冷的时候，带上一根两三米长、拇指粗细的枣条棍，我们叫作剪条，到冻得硬邦邦的河滩里，双手持住剪条，深深弯下腰，让剪条尽量与地面平行，用力猛地左右摆动剪条，欻——欻——，河滩上的毛毛草就会被剪断，用耙子一搂，装进筐里回家积肥或者烧柴。这活儿得趁冷干，太阳出来一照，毛毛草就发绵，剪条就剪不断了。那年，手上冻了长长的、张着大嘴的裂口，娘用火把一小块猪油烧化了，趁火苗嗞嗞叫的时候，将猪油滴在手的裂缝里，嗞的一声。那个疼，钻心啊！

那时候，我常想，没有河该多好哇。

20世纪80年代中期后，河逐渐干涸。杨树、柳树渐渐都旱死了，连根都被人们刨走了。沙滩上毛毛草也不长了，讨厌的沙鸡不见了，神秘的喔鸾没有了藏身之处。乌鸦也不来啄我们的山药了。南河脚那片泥泞的苇子地改种玉米了，丑陋的黑老鸨不知道滚到哪里去了。河，这个阻隔我们村与外界联通的天然屏障，终于去除了，过河再也不用脱鞋了。原来每次过河脱鞋脱袜，特别是深秋，冷水泥脚不说，鞋袜都穿不上。现在，桥？我们不需要！

河里没水了，人们开始改造河滩。村里把沙滩承包给农户，有的种上了花生，有的种上了黄豆。经过多年的改造，河滩早已不是原来的河滩，都成了庄稼地。近年来，经济发展了，人们给河砌上了漂亮的石堤，修了平展展的堤顶公路，叫作观光公路。河上修建了大桥，叫作惠民大桥。只是，河里一滴水也没有。人们在河堤中间的河道开了荒，夏季收麦子，秋季收玉米，收成不错。看到这些，才真正理解什么叫沧海桑田！

河有水，没有堤，没有桥。河在村东。

河没了水，有了堤，有了桥，有了观光公路。河在哪里？

平芜尽处是春山

一

5月初的漠河，刚刚从漫长的冬季苏醒。落叶松的嫩芽正在小心翼翼地伸出手来，山荆子刚努出红尖的芽苞，白桦的新叶如同新娘上轿，迟迟不愿露面，只有缺心少肺的山杨，青皮的绿意不再掩饰，心形的叶片已经完全伸展，风一来，哗啦哗啦响。登上九曲十八弯的景区观景台，极目远眺，额木尔河像一条巨蟒，在山间蜿蜒曲折地爬行，远处是影影绰绰的白桦林、混交林，这一切如同一个模糊不清的梦，又如一幅大写意的山水画。

漠河处于神州北极。如果把祖国的版图比作一只昂首长鸣的金鸡，那漠河就是它的金冠。这里是近年来刚刚兴起的旅游胜地，每年两个旅游旺季——夏至前后和冬至前后。此时来漠河，虽是淡季，却别有一番景致。许多景区都没人，只有我自己漫步流连，不由生起天下美景为我所独享的窃喜。

九曲十八弯的景区湿地入口处，覆盖着一尺多厚的冰坨，融化的冰水在冰坨上切出一道道深深的冰沟。看着蜂窝一样的冰层，我担心塌陷，爬着走了十几米，踏上了环形木栈道。这里到处是草色遥看近却无的景象，那长长的、密密的、倒伏的干草丛，无声地告诉人们在过去的那个短暂的无霜期里，它们曾有过怎样的繁盛年华。稍加留意，你就会发现生命的顽强和春天的不可阻挡，浮冰尚未完全融化，水草已经冒出绿芽，水冬瓜褐色的枝条也变得柔软起来。大自然又将开始下一个轮回，这时的漠河，静默深沉却又生机勃勃。

沿着1800多米的环形木栈道前行，叩响耳膜的只有偶尔的鸟鸣和潺潺的流水声，映入眼帘的是不断出现的警示牌：注意蜱虫、注意荨麻、禁止采药、禁止烧荒。在额木尔河，乒乓球案那么大、三四十厘米厚的冰块，一堆堆地绵延横陈在两岸。开车的师傅告诉我，再早一些，刚开河的时候，巨大的冰块相互叠压撞击，顺流而下，叫作跑冰排，极为壮观。在河流转弯的地方，打鱼人独自坐在橡皮筏子上慢慢划行，双腿膝盖以下没入水中。据说，额木尔河、黑龙江的鱼是冷水鱼，只有这个季节才能抓到，天气热了河水温度上升，鱼就沉到深水温度低的地方去了。

漠河的土地是黑的，江水是黑的。在龙江第一湾，爬1000来级木制台阶鸟瞰黑龙江，只见它像一条黑龙，优雅地在这儿转过一个大大的“Ω”形的弯。对面是一样的山、一样的樟子松、一样的落叶松、一样的白桦，但它们属于俄罗斯。它们的背后，静悄悄地，有什么神秘所在，就不得而知了。

乌苏里浅滩，景色没有特别之处，但作为一处旅游胜地，其“中国最北点”的标志性巨石吸引了大量游客前去参观。司机师傅说，在冬季，冰封大江，可以弃陆路开车到江中，沿江而下，直达北红村。冰上跑车，激情四射，刺激神经。

二

北红村——据说是祖国最北的一个村子，与俄罗斯隔江相望。这里冬季气温最低可达零下43摄氏度，年平均气温为零下5.5摄氏度，昼夜温差极大，有一日四季之称。北红村原名大草甸子，是当年给运输木材的马匹打草的地方。一条笔直宽敞的街道，由东向西穿过村庄，各种名号的农家客栈招牌悬挂在街道两侧，最打眼的是俄罗斯商品店的招牌混杂其中。黑龙江边，河堤路的路面坑坑洼洼，黑幽幽的江水像一个安静的姑娘，由西向东静静流淌。江边的北红哨所很小，却宣示着一种主权和威严。与北红村的热闹相比，对岸只有静静的山、静静的树。

离开弥漫着商业气息的主街道，可以看到几座充满沧桑感的板夹泥房子，这是最具特色的民居，外面是黑土和泥抹墙，房子主体是松木，这种房子纯天然，环保接地气，冬暖夏凉。但是，即使在林区，木材也不是那么方便得到的，盖木屋已然成了奢望。除了那条主街道，村子里行人稀少，木栅栏里的狗看见你，会仰起脖子“汪汪汪汪”地狂吠一番，别害怕，它的叫唤只是象征性地尽尽职责，刷一下存在感而已。

落日余晖下的小村庄静谧安详，可能是靠近北极的缘故吧，太阳落了山，直到9点来钟，才有点夜晚的意思。入住的农家院，一溜坐南朝北的房子，院子全开放，连木栅栏也没有。里面有五六个房间，东北火炕真大，睡五六个人宽宽绰绰，一个人住确实太奢侈了。炕上，清一色的红底牡丹花床单、被罩、枕头，弥漫着热烈豪放的气氛，让人眼花缭乱。老板娘拿来劈柴，放进火洞点着，松木易燃，火苗子顿时噼噼啪啪地着起来。

北红村隶属于漠河县的北极镇，是一个俄罗斯民族村，全村500多人中，俄罗斯血统的占三成左右。在街上，遇上一个40多岁的汉子，中等个子，留着两撇小胡子。闲谈中得知他原籍山东，4岁时随父亲来到这里。他说，北红村和北极村本地土著人很少，大多是河北人、山东人，因当年吃不饱饭，闯关东到这里来讨生活。20世纪60年代，他父亲到这里来投奔堂伯，三四年后才把一家老小带到这里。他父亲最早是淘金矿，高粱粒大小的金子每年可以淘几斤，每克13块钱，都得上缴国家。生活很苦，但能吃饱饭。后来金矿不让开了，就上山伐木材，再后来木材也不让伐了，开始搞农家院招待游客。他说，现在环保重要，护林重要，原来挣钱的行当都不能干了。黑龙江原来鱼很多，曾有人捕到一条300多斤的大鳇鱼，卖了10多万元换了一套120平方米的房子。人们急功近利，常常偷偷电鱼，鱼越来越少了，快要断子绝孙啦。他说这里冷，刚来时不习惯，大棉裤很厚，戳在炕上都能立住。后来也不怕冷了，冬天伐木，越冷越上山，天气暖和土地松软，活就没法干了。这几年天气没有过去那么冷了，雪也下得少了。谈到家乡，他说山东发展得挺好。回去？不可能了，已经在这里扎根了。后悔？这就是命，在哪儿就说哪儿好吧。

说话间来了一个人，是山东汉子的朋友，北极村人，唐山大地震后，家里日子不好过，他哥在漠河公路道班养护道路，他就投奔他哥来了。在这里落了户，娶妻生子，繁衍生息，分了几十亩地，种大豆、小麦，上山伐木、下水捕鱼。现在他家的地被征用了，得了一笔补偿款，媳妇开了农家院，他防火护林，日子过得挺滋润。他听说我是石家庄来的，觉得挺亲切，我问他想不想回唐山，他说回不去了，也不想这事了。

听了他们的故事，忽然想起我差点成为他们中的一员。1970年前后，家里日子实在过不下去了，父亲听说东北好讨生活，地面宽，可落户。我家的东邻居，男主人绰号“三猫窝”，是我的叔叔辈。猫窝叔家的日子也不好过，和我父亲商量要闯关东，父亲打算让十三四岁的哥哥留在家里，把家里仅有的半瓮玉米棒子粜了当路费，带着母亲、我和姐姐、妹妹、弟弟到东北。母亲坚决不同意，怕半路饿死，又担心到人生地不熟的地方生活不下去。我觉得到东北去，可以见火车、坐火车，就鼓动妹妹一起跟父母嚷嚷着要去。但最终在母亲的阻拦下，闯关东的事不了了之了。我为不能坐火车了心里默默遗憾了好久。

三

从九曲十八弯、龙江第一湾、神龙湾，再到北红村，一路走来，二三百公里，都是白桦林、白桦林、白桦林。

白桦是造物主精心打造的精灵，她修直挺拔、洁白雅致的树干，像一支支笔管，那扶疏的枝条，如同壮硕的毛笔头。她们四五株为一丛，一丛挨一丛，构成无边的白桦林海，酷似无数多胞胎一样，摽在一起往上长，粗细、高低，整体划一。有人说白桦是林中少女，那洁白光滑的树干就是她颀长的双腿，扶疏的枝条就是她飘逸的长发。漫步白桦林，会联想到雄壮优雅的女兵方阵。白色的树干上，不规则地分布着黑眼睛一般的斑点，黑白对比，单调的色彩出现了艺术性的变化。5月初的白桦，枝芽刚刚萌动，绿意若有若无，然而，遍布林间正在怒放的杜鹃花使寂静的白桦林瞬间生动起来。兴安杜鹃，漠河人称之为达达香，她是漠河的第一抹春色，堪称当地的迎春花，她未布新叶先开花，一定是急于报春吧。她那铜钱大小、疏疏朗朗的花朵，不似迎春花挤挤挨挨那般热闹，也不似迎春花那般庸俗浅薄。远远望去，成片的达达香幻化为朦胧的紫红色花海，沉静羞涩，如同给“林中少女”白色的裙摆印染了淡雅、梦幻一般的紫红图案。

大兴安岭被誉为祖国的绿色宝库。漠河处于林区的最北端，是白桦、山杨、樟子松、落叶松的故乡，针叶林、混交林曾布满高山低岭，为什么现在只有白桦一枝独秀？其秘密就隐藏在30多年前的那场举世震惊的大火之中。

大兴安岭“五・六”火灾纪念馆记载，1987年5月6日，漠河、塔河两县相继出现着火点，5月7日，狂暴肆虐的火魔突发淫威，以雷霆万钧之势，在5个多小时的时间内推进百里，横扫了西林吉、图强、阿尔木三个林业局以及育英、盘中、巴林等九个林场，一时间大兴安岭浓烟滚滚，神州北极烈焰腾腾，一片片森林被吞噬，一座座房屋被焚毁，一个个鲜活的生命被吞没。晚上8点左右，大火从正北、西北、西南三个方向向西林吉扑来，镇内大树被大风连根拔起，直径1厘米粗细的铜质电线被大风扯断，到处是十几米高的火焰，浓烟遮天蔽日，整个县城一片火海。开车的师傅是西林吉镇人，当时他父母刚结婚不久，父亲到加格达奇学开车躲过一劫，母亲住娘家，和乡亲们跳进额木尔河躲避。那时的额木尔河还结着冰，在火焰的炙烤下，上层的水温度升高，而下层的水冰冷刺骨，一半是冰水，另一半是火焰，那是真正的冰火两重天啊。有母子三口，家距河边只有1分钟的路程，但火速太快，硬生生把他们烧死在逃往河边的路上。尽管如此，额木尔河还是挽救了几千人的生命，为此人们把额木尔河称为救命河、母亲河。大兴安岭“五・六”火灾纪念馆的马老师说，那时她十三四岁，大火来临之际，她家10口人逃散了，她搭乘邻居家的一辆大轿车往外跑，但很快大火就赶上了他们，这时正好来到一座军营门口，司机顺势把车开进军营，在部队的帮助下捡回了一条命。

大火过后，山岭上那满眼的绿色不见了，代之以恐怖的黑色，曾经的家园到处是残墙、断壁、废墟、焦土，那刺目的白色，是包裹亲人尸骸的白布。

面对如此巨大的灾难，漠河人没有绝望，更没有沉沦。5月8日一大早，被大火焚毁的西林吉镇，残垣断壁上就贴上了一行行标语，所有标语只有一句话：人定胜天。那是县政府工作人员在大火过后，用大排笔饱蘸墨汁，含泪在旧报纸上写的。大火肆虐近1个月后，一场大雨助了灭火一臂之力。看到雨后森林的灰烬上长出了碧绿的草芽，人们不禁热泪盈眶：生活仍将继续，希望就在眼前。经历了这场大火，漠河人对生活的态度发生了很大的变化，珍惜生命，爱护自然，积极，乐观，坚定，再也没有什么可以击倒他们。

四

在神龙湾景区，一个林业大学毕业到这里工作的人告诉我，火灾前这里到处是参天的落叶松、樟子松，好多需要两三个人才能合抱。我问为什么现在都是白桦了。他说，森林退化了。大火烧死了松树，它们的种子经过高温再也不能发芽了，但白桦的种子不一样，经过高温后反而容易发芽，白桦的根可以生新芽，而松树不能，所以灾后很快形成了一片片白桦林。但是树种相对单一，将来其生命周期结束，这里就会变成灌木丛，灌木丛生命周期终结，这里可能就会变为草地和沙漠。

听了他的话，担心和失望向我袭来，我不禁对未来忧心忡忡。白桦，那林中少女挺拔修长引以为傲的躯干，在我眼里幻化成一支支毁灭森林的香烟。空旷处那一丛白桦，其扶疏优美的卵形树冠，像极了人们的胸部X光片，病态的肋条一根根历历在目。白桦林里不断进入视野的枯立木，像历经磨难至死不屈的森林灵魂，左边那棵黑黝黝的，合抱之围但已经腰斩，像一个战死的将军，依然威严地站在那里。向前不足百十米的那棵，枝干没有任何缺失，顶部直插蓝天，十几根侧枝像十几条蟒蛇向四周遒劲地伸出，似乎在做最后的挣扎。紧靠它左侧的那棵，侧枝脱落的地方，留下一串硕大的黑洞，酷似一个个张大的口在发出撕心裂肺般的呐喊。景区的一个牌子上，说这些枯立木是一道独特的风景。我理解当地正在打造旅游品牌，但把枯立木当作风景来宣传，总觉得有点残酷。它们哪里是风景，分明是警示，警示后人不忘惨痛教训，让悲剧不再重演。

正因如此，在漠河，防火是重中之重。进入林区，防火第一。5月初的漠河，正是防火期的关键时刻。车行驶在林区的路上，路边不时出现一个花花绿绿的衣裳垛，走近一看，原来是一个人坐在那里，他们把自己用衣服围得严严实实，旁边摆放着两三桶水，上面标有“应急水源”字样。这些防火人员，昼夜轮流值守。这里到处悬挂着防火标语：“见烟就查，见火就罚”“室外吸烟，法不容情”“谁失火，谁负责，谁坐牢”“失火烧山，牢底坐穿”。景区的喇叭循环播放：“室外吸烟，公职人员一律开除，其他人员经济处罚……”

漫步白桦林，经常看到高大伟岸、挺拔傲立的山杨，它们在和白桦争夺阳光。偶尔看到指头粗细的落叶松，一人来高，嫩芽初上，显得非常青涩。如果说白桦是林中少女，那么这样的落叶松就可以算作十来岁的少年。我向林业技术人员请教，他们告诉我，为了改变树种单一的弊端，早已经开始人工干预了，但在白桦林撒松子不行，白桦的根系发达，非常霸道，松子难以发芽，即使发了芽，也会被茂密的白桦盖死，必须先育苗，然后将大苗栽植于白桦中间，慢慢改变树种单一问题，阻止森林退化，实现永续发展。

五

虽然第一次到漠河，但我与漠河30年前就已结下了深深的情缘。

1989年，弟弟到了成家的年龄，我家的房子却破烂不堪。要盖新房，需要十几根四手粗细的明檩，这哪里买得起？后来，听说县城的木货市来了东北火烧木，价格便宜。我本家侄子是个木匠，带上工具和我们直奔木货市，几十根木材横七竖八地堆在那里，树皮黑黝黝的，侄子选了几根，用锛子把树皮去掉，高兴地说，没问题，里边木头硬实着呢。我们买了16根长4米、直径30厘米左右的松木，回家去掉树皮，再经打磨，它们露出漂亮的木纹，我家4间4米开间的房子拔地而起。这些历尽磨难的松木，从数千公里之外来到我家，浴火重生，30多年来，为我们遮风挡雨，在它们的庇荫下，弟弟娶妻生子，老母亲安度晚年。

近日，弟弟要把旧房子拆掉，在原址用钢筋混凝土盖新房。我想那16根东北火烧木的命运又要遭遇新的波折，辟一块地方把它们存放起来？哪有地方啊？况且存放时间长了，它们会慢慢腐烂，最终还是归于灭失。我设想把它们做成木地板，让我家成为它们的最终归宿，也作为某种特殊情愫的物质载体，永远陪伴在我们身边。可惜这想法没有实现。

何事吟余忽惆怅

应朋友之约，在这树树皆秋色、山山唯落晖的季节，我有了一次阜平行。对于阜平之行，可能是自作多情吧，竟有一些莫名的期待。

行唐、阜平山水相连，行唐县的母亲河部河，发源地之一是两县界山鳌鱼山。行唐是千年古县，近年，发现汉代“南行唐北界”摩崖石刻，位置在山西繁峙东南神堂乡大寨村口北1千米、王子口南侧200米左右的河西石壁之上。这与历史上阜平曾隶属于行唐的记载相吻合。

18岁那年，我刚参加工作，单位是距家30千米开外的一所中学。鳌鱼山是行唐县的高峰之一，山之阳为行唐，山之阴为阜平，我供职的学校在山的南麓。从学校沿山路往北5千米左右，是阜平县的东城铺，那里有一个集市，是行唐、阜平两县交界处贸易最活跃的地方。每到集日，大家都把红枣、黑枣、核桃、柿子、苹果、梨、枣木杠子酒等货物摆在街道两侧交易。我曾经陪一个同事到集市做“跨境贸易”卖野兔子，那是他用土枪在山梁上猎获的，卖完野兔他请我吃了一顿具有浓郁阜平风味的饸饹。这是我第一次与阜平结缘。半世浮生，走过不少地方，只有故乡让我梦绕魂牵。阜平虽不算故乡，但那是我刚参加工作接近过的地方，如同情窦初开暗恋的对象，想起来总有一种没来由的朦胧和甜蜜。

走在阜平的土地上，我想起了王禹偁的《村行》：

马穿山径菊初黄，信马悠悠野兴长。
万壑有声含晚籁，数峰无语立斜阳。
棠梨叶落胭脂色，荞麦花开白雪香。
何事吟余忽惆怅？村桥原树似吾乡。

银河大峡谷和仙人寺

旅游中我最不喜欢穿凿附会的故事，而这样的故事在景区特别多。我也不喜欢某些景点的命名，无非神龟、神鹰、仙女、望夫、帝宫之类，似雅实俗。近年来，许多地方把水库开发为旅游景区，嫌水库的名字土，不约而同地改成了“湖”，就连塞罕坝机械林场里叫了千百年的火泡子、沙垴泡子，也改成了七星湖、月亮湖。我觉得“湖”还不如“泡子”更吸引人。平山县有一个景区叫作猪圈沟，风景如何姑且不论，名字原汁原味，我倒是挺喜欢。

从阜平县城奔往仙人寺的山路，是一条长几十千米的峡谷，叫作银河大峡谷。开始我认为是为了开发景区，叫了这么一个俗乎乎的名字，后来听朋友讲这个名字古已有之，这里有一个村子叫作银河村，银河大峡谷因此得名。我不由想，在这深山老林里，还真有有文化的老祖宗，费心起了这么一个挺现代的名字。车行走在大峡谷，右侧的山谷到处随意躺卧着大大的自然石，黑石白脉，有的像牛，有的像骆驼，有的像房子，有的什么也不像，只是奇奇怪怪的。同行的朋友说，这就是所谓的雪浪石。雪浪石是大文豪苏东坡的至爱，其于定州任知州时的书斋名为雪浪斋，还曾作《雪浪石》七言长诗。自苏东坡后这雪浪石就声名鹊起，一发不可收了。当地朋友们说，自从这里通了公路，就有外地人来这里捡石头，用大吊车运走。城市里大机关、大企业的门口矗立着好多从这里拉走的石头。据说一块大石头值好几十万元，现在已经不让外人随便捡走了。

行走谷中，沿路景色是典型的太行山景色。去过了南太行郭亮村、平山县天桂山、赞皇县嶂石岩、灵寿县五岳寨、邢台大峡谷、山西挂壁公路，到这里就有了似曾相识的感觉。北方特别是太行山，与南方的山水大不相同，南方的山水如同一个涂脂抹粉的女子，而太行的山水就像一个不拘小节的大汉，用一个词来形容他的美，我觉得“粗壮”最合适，粗者，粗犷也，壮者，雄壮也。南方的景色是柳词中的“杨柳岸，晓风残月”，适宜十七八岁女子持红牙板歌之，而这里的山水，则是苏词中的“大江东去”，适合关西大汉持铁绰板歌之。

沿峡谷往上走，是所谓的仙人寺。仙人寺因仙人而得名。几块奇怪的石头叠垒起来，在山下某个角度往上看，酷似一个踽踽独行的老者，背着大大的行囊向前走，前面是万丈深渊。站在山脚，我担心仙人一脚踏空滚下山来，不由想起宋朝王质《游东林山水记》中的“森森欲下搏人”。仙人身后是数株青翠的松树，像是护卫他，又像是追随他。我们沿着蜿蜒曲折的小路向上走，来到仙人旁边，周围诸峰早已落在脚下。苍翠的松树掩映间，是饱经沧桑的仙人寺，传说仙人寺是五台山寺庙的前身，因为香火旺盛，地面狭小才搬到五台山的。从仙人身体中部断面的凿洞以及后面平台上柱洞痕迹判断，这里一定有过悬空的寺庙和非常旺盛的香火，僧人的诵经声曾经响彻整个山谷。

寺内有明代重修的碑文“明万历十三年奉命重修造观音堂金身钟鼓二楼香亭”。据文字介绍：这里峡深谷幽，群峰林立，峥嵘险峻。山峰顶处，有石如人，脚踏山巅，头顶蓝天，乡人称为仙人石。仙人石边有仙人寺，寺内建有观音堂。堂前门台立石柱，柱上顶石盆，逢年过节，僧人在石盆点灯，十数盏灯火齐明，颇为壮观。有僧舍3间，另建钟鼓楼各1间。曾有人赋诗曰：仙人矗立仙人山，开天立世在旁观。人间沧桑天天见，沉静面对香火添。

在仙人脚下，有一个二三十平方米的平台，下面是壁立的悬崖，站立上面，相互提醒注意安全，真所谓“客皆悚视”。从平台上望下去，上来的路如一条细细的白练舞动着飘在空中，下面行走的人群如同蚂蚁一般蠕动。橡树、山杜鹃等早已把周边的山峦染上秋色，橡树的叶子和枫叶、黄栌不同，秋天也变成红色，但红中带黄，不若枫叶、黄栌变红时鲜亮艳丽，却别有味道。站在这个制高点极目四望，起伏的山峰披上了五颜六色的锦缎，如同天公在这里开了个大染坊，正在晾晒布匹。这时你会发出王思任一样的疑问：不知天公开此大染坊作何制？

阜平人们待人强和火爆山药

乡野曾流传一句俗语：“曲阳鬼，行唐狼，阜平人们待人强。”对于曲阳鬼、行唐狼，人们有不同的理解。阜平人觉得“曲阳鬼、行唐狼”，是说曲阳人鬼头，爱捉弄人，行唐人自私，爱占小便宜。而曲阳、行唐人说这是被恶搞了的俗语，不仅颠覆了“曲阳鬼”的本义，也歪批了“行唐郎”的内涵，是对曲阳、行唐人形象的诋毁。不少人撰文为此正名：“曲阳鬼”的本义，原非曲阳人“鬼头”之意，而是指曲阳有一“鬼”状的飞天神。这个曲阳鬼，绘制于曲阳五岳庙大殿内壁上，传说为唐代画家吴道子所画，至今还为曲阳人津津乐道。行唐狼实质是行唐郎，指的是行唐的“二郎”，而不是什么“处事狼”的“狼”。相传，二郎是行唐县西关人，是一个大孝子，由于老母多病，他常常背着母亲过河看病，冬季冰水刺骨。据说鲁班感于二郎的孝举，在河上建了一座石桥，从此二郎不用再蹚水。此举感动了玉皇大帝，特诏二郎全家一同迁往天庭居住，二郎带家人从石桥上升了天。从此，石桥被后人称作升仙桥，二郎被称作“行唐郎”。这自然是一种传说，但行唐县城确有一座升仙桥，是重点保护文物。

这次到阜平，我们真切体验了阜平人们待人强。上午的行程还没有开始，就听说当地朋友已经安排午餐吃有名的火爆山药。我出身农村，对农家饭并不陌生，想着火爆山药就是焖山药。焖山药一般不是家里做的饭，常常是在生产队的地里偷来山药，在河滩里挖一个沙坑，在沙坑里烧树枝树叶，待树枝的余烬积了一定的厚度，将山药放进火里，然后继续烧，最后用沙子埋起来，焖上半个时辰，再把山药挖出来，香喷喷的，就可以大快朵颐了。多年来，虽然在不同地方吃过农家饭，但焖山药却一次也没有吃过。想着中午就可以重温儿时焖山药的美味了，心里充满期待。

下午1点多钟，从山上下来抵达寿长寺村，我亲眼看到火爆山药的制作过程，与心目中的焖山药颇为不同。这里的山药不是老家所说的山药（红薯），而是山药蛋，一字之差，差之千里。火爆不是火焖，而是几个老乡把胳膊粗细、一二尺长短的树枝就地架起来点火，下面堆几十个山药蛋，火苗子窜起老高，下面的山药蛋在灰烬中冒着气，老乡不时用铁锨翻动山药蛋，山药蛋在火里滚来滚去，黑黢黢的，待皮被烤得轻微叭叭响的时候，这火爆山药就可以吃了。火爆山药的吃法很特别，不用上席，火中取栗一般拿出来，找一块沙石或者直接在水泥地面，把外层黑乎乎的东西轻轻摩擦，待露出黄黄的部分来，把皮剥下来就可以吃了。

我体会火爆山药最好吃的是那一层烤焦的皮，不似烤红薯那般甜腻，有一种特殊的淡淡的香味。吃完皮再吃里边的瓤，香、甜、面，别有风味。大家手拿火爆山药，蹲在墙边，嘻嘻哈哈，不亦乐乎。吃完火爆山药，除了口腹享受，还有一样，就是可以顺便出演《西游记》里的某些角色，都不用化装。老乡们还给我们准备了猪肉、山药蛋粉、海带、白菜炖的大锅菜，弄上一碗，就着枣饼子，嘎嘎大嚼，直呼过瘾，不禁感慨：回家过年，就是这味道。

天下第一柏和石佛堂

阜平县吴王口乡周家河村有一株古柏，树龄3000多年，大概有些神气，也有些名气，朋友们特别推荐要去看看。古柏主要由3个树干组成，枝叶繁茂，螺旋着向上的树干纹理，让人似乎看到它生长过程中不屈的力量。站在巨大的树冠下，不由被它涵养了3000多年的强大气场所震慑，同行的朋友脱口而出："亭亭如盖。"我觉得并不恰当，在古柏厚重深沉而又恣肆张扬的气势下，归有光的"亭亭如盖"就显得小气了。树枝上缠绕着几条红色绸缎，随风飘扬，表达了人们的敬畏之情。此柏根系特别发达，如同几条大蟒遒劲地爬行，时而穿入土中，时而裂出土外。站在树下，看到青翠茂盛的枝叶，精气神充足，如同血气方刚的青年，相信它还能再活3000年。在古柏的一侧，立着一块石碑，上书"天下第一柏"几个大字，由此我想起了"中华第一柏"。

在陕西黄帝陵，曾见到所谓"皇帝古柏"，又叫"轩辕柏"，据传为轩辕黄帝亲手所植，有"中华第一柏"之称，经历5000余年的风霜，至今干壮体美，枝叶繁茂。太原晋祠也有一株3000多年的古柏，不过树干已经歪斜，需要下方用铁柱支撑，枝叶并不旺盛。石家庄毗卢寺的古柏只有1000多年的树龄，是小巫见大巫了。

站在古柏的树荫下，面对苍劲而又生机勃勃的巨大枝冠，你多半会想到“永恒”两个字，也会感觉到人生的渺小和无常。如果古柏有知，3000年的阅历，人类历史的悲欢离合在它眼里或许只是一种游戏和笑话。人生短短几十年，在它眼里如同“夏虫”，争权夺利、你死我活又有什么意义?

告别天下第一柏，朋友们带我们游览了石佛堂。石佛堂在距县城10千米的苍山村。据说，苍山西侧叫石佛山，巨石如佛，高入云端。清朝举人张尊三赋诗道：九日登高涉岫巅，同人极目快流连。崎岖鸟道空中凿，层迭仙梯峭壁悬。风送钟声红叶寺，鸡啼夜色白云天。嵯峨万嶂环仙洞，石佛尊严锁翠烟。

石窟始建于隋唐时期，1982年被列为河北省重点文物保护单位，是河北省八大名窟之一。这里的石窟与敦煌莫高窟、大同云冈石窟、洛阳龙门石窟、邯郸响堂山石窟的石质不同，属于砂岩。这让我想起曾经工作过的地方，行唐县两岭口金代摩崖石刻，其石质与此相同。不过两岭口石刻造像虽然达56尊，但造型较小，不可与此同日而语。

我不懂佛教，也不了解道教，行走在石窟中间，对于石窟造像的历史我无从判断，对于其中的故事也是一无所知，但我再一次被古人的智慧和毅力所感动，在坚硬的悬崖上凿出了那么精美的塑像，同时也为它们遭到毁坏而感到惋惜。同样为人，为什么有的人花费毕生精力虔诚造像，又有的人向它们挥舞起毁灭的斧头，让人类的文明在历史长河中泯灭?

石佛堂周围有几百亩原始次生林，枫、松、柏、橡、杏、桃等多种树木杂生其间，最让我关注的是橡树，又称栎树。它们的立地条件极差，有的长在光秃秃的砂岩上，难以理解它们的根如何能钻透坚硬的沙石，并从那里汲取营养。有的根生于东，冠茂盛于西，有的根生于石缝，树干斜生于石侧。面对橡树如此强大的生命力、如此强烈的求生欲，不禁激发我生出“千磨万击还坚劲，任尔东西南北风”的人生信心，同时面对如此美景，想想自己落拓红尘五十秋，不成一事雪盈头，“此生定向江湖老”的念头又在脑海里浮现出来。

10月初的石佛堂，大部分树木消去了恣肆的势头，但还保持了葱绿的本色，只有橡树告诉人们秋天已到，沙地上，落下不少戴着花边帽子的橡子，我捡了10来粒，放在口袋里，算是纪念这一次特殊的旅行。

居延读“海”

“单车欲问边，属国过居延。征蓬出汉塞，归雁入胡天。大漠孤烟直，长河落日圆。萧关逢候骑，都护在燕然。”居延，荒蛮遥远的所在，让我对这首诗产生了许多现场感和亲切感。

居延海在内蒙古自治区额济纳旗达来呼布镇东北50公里，看网上攻略，到居延海旅游最好是看日出。在北戴河看过几次海上日出，不过尔尔，这茫茫大漠里能有什么像样的“海”，看日出？我一点期待也没有。

当天日出时间是早上7点20分，我们6点30分左右进入景区，日出时间未到，就看月亮吧。那天是农历八月二十二，老家有谚：二十二三，月亮出来正南。意思是农历二十二、二十三这两天，天亮时月亮在正南方。半轮明月挂在当空，四周没有灯光干扰，空气透明度又高，我似乎又看到了儿时家乡那明亮、柔静、清冷的月亮，不禁感慨：只要不偏心，月并非故乡所独明。李白“明月几时有”问得真好。“江畔何人初见月？江月何年初照人？”张若虚写得也好，但是从“何人初见月”入手，就落点下风了，月不管人见与不见，她一直在那里，人类跟她相比太渺小、太短暂了。

看日出得凭运气。天空虽然晴朗，但东方地平线却有一抹灰色的云。日出时辰，那片云出现了一个缝隙，鲜红的霞光喷薄而出，人们欢呼雀跃，“长枪短炮”全部对准那个方向，可就在太阳露头的那一刻，它被一丝灰色的云飘过挡住了。人们低声叹息，1分钟不到的时间，就能看到太阳跃出海面的精彩瞬间。人们不死心，依然期待着太阳从云缝里钻出来，又一大块云飘过来把人们的希望彻底吹灭了，等到太阳从云彩里露脸的时候，已经顶在芦苇的花穗上了。

日出没看到，看看海吧。乘摆渡车到另一个景点，我被震惊了，没有想到这茫茫荒漠里居然还有这么一大片水，浩浩荡荡，渺渺茫茫，不能说横无际涯，也是一眼望不到边。风过之处，波光粼粼，芦苇沙沙，与白洋淀芦苇荡相比，这里的芦苇显得更加粗犷和苍凉。与真正的大海相比，这里别有一番风致。居延海，居延海，居然真有海！

这里生活着多种飞鸟，以红嘴鸥居多，有的落在水面上，有的在低空盘旋，叫声嘹亮，在空中争抢游人抛来的食物。有的海鸥拍打着翅膀围着游人要吃的，却不肯落到人的手上和张开的臂膀上，它们一定是被捉弄怕了吧。此情此景，不禁让人想起王维“野老与人争席罢，海鸥何事更相疑”的诗句。

居延海的前世今生是什么情况？翻开历史一查，居延、居延海不仅在中国历史上，而且在国际考古史上都赫赫有名。据说，在远古时期，这里气候温暖，空气湿润，灌木丛生，花草遍地，牛羊成群，是人类和各种动物生活的好地方。甘肃嘉峪关黑山古代岩画里记载着这一带曾经有水牛、鹿等。中国历史首次出现“居延”一词，至今已有2000多年，汉武帝正式设置居延都尉府，并设居延县官府，是额济纳旗的前身。当年，这里是各民族聚居区，是古丝绸之路北路的交通要道，也是河西走廊北通欧亚的一条理想道路。自西汉骠骑将军霍去病入居延，收复河西之后，这里的名气越来越大。戈壁绿洲、瀚海金沙、蛮荒大漠、古都重镇、关隘要塞、长城烽燧、贾市口岸、居延遗址、黑城文书……这一切构成了居延丰富多彩、威武雄壮的历史画卷。特别值得一提的是驰名中外的居延汉简，自从1930年出土后，“居延”这个光彩夺目的名字，便与汉简一同传遍了全世界。居延汉简总数约30000枚，大多出自掾吏之手，系统地反映了汉代边塞的屯戍生活，是研究汉史的第一手资料，被誉为20世纪中国档案界的“四大发现”之一。居延海是一个神奇和充满历史故事的地方。据说老子出关后，是在居延海得道成仙的。居延海有老子骑青牛的塑像。在这里，霍去病、卫青曾经金戈铁马，留下诸多英雄足迹；在这里，湖面的波光随着王维、岑参边塞诗的平平仄仄而荡漾。这一切让人们感受到浓郁的居延文化和中华民族生生不息的精神。

居延海与中国的爱情文化也有着很深的渊源。居延海是黑河的归宿地，黑河虽然是我国境内第二大内陆河，知名度却不高，但弱水则是大名鼎鼎。据考证，黑河就是传说中的弱水，特别是指黑河流入内蒙古的那一段，现在称额济纳河。文学作品中，常常用弱水来泛指险而遥远的河流，比较有名的是苏轼的“蓬莱不可到，弱水三万里”。这大概是弱水第一次与具体的数字连用。《西游记》第二十二回描述流沙河的险要：“八百流沙界，三千弱水深，鹅毛飘不起，芦花定底沉。”后来弱水三千居然和爱情挂上了钩，《红楼梦》第九十一回，黛玉巧妙向宝玉发问是否只爱自己，宝玉思索半晌大笑道：“任凭弱水三千，我只取一瓢饮。”从此“弱水三千，我只取一瓢饮”成了表达爱情忠贞的专属用语，时至今日，这句话已经被热恋中的男女用滥了。

居延海是一个奇特的游移湖，它的位置随着河道忽东忽西、忽南忽北，湖面时大时小，时时变化着。据载，史前湖的最大面积达到2600多平方公里，秦汉时期尚有726平方公里，清代由于入水量减小分作东西相距30多公里的两个湖。1944年东居延海只剩35平方公里，西居延海为

267平方公里，1961年西居延海干涸，1992年东居延海干涸。自此，再现波涛滚滚的居延海，一度成为人们不可能实现的梦想。近年来，政府加大从黑河分水的力度，不仅东居延海进水，西居延海也波光淼淼，天水一色，现在的居延海有30多平方公里，难以想象原来近3000平方公里的居延海该是何等的壮观景象。

对于这种情况，人们不禁要问：居延海的水哪儿去了？现在全球的河流、湖泊水量都在下降，人们归结于人类为了发展，向大自然索水过多，地下水位下降。这也许没有错，但是人类过度用水不过200年历史，而居延海历史上曾经那么大，到清代因局部干涸分成了两个湖，这就不是上面原因所能解释的了。依我愚见，人类过度用水是一个原因，但大自然的水是不是一直在由多向少变化呢？一路走来，七彩丹霞据说原来也在水下，嘉峪关的长城两侧，到处都是鹅卵石，莫高窟所在的三危山，也是由沙土和鹅卵石构成的。没有大量的水长期冲刷，怎会形成鹅卵石？这表明远古时期水的确很多，后来逐渐减少，海底变陆地，陆地变沙漠。将来水会不会更少，人类难道最终会被渴死吗？

再见了，神秘的海、红的柽柳、绿的芦苇、灰色红喙的海鸥。

苦难辉煌的中华巴洛克

1980年年初，中央人民广播电台文艺部、《歌曲》杂志编辑部联合举办“听众喜爱的广播歌曲评选”活动，以群众投票的形式选出15首歌曲，评选结果在1980年2月16日，也就是春节当天揭晓。我当时正值追星的年龄，拜完年不出去玩，和哥哥趴在炕上搂着一台半导体听歌，15首歌曲按得票多少排名，最后李光羲演唱的《祝酒歌》夺魁。通过这15首歌曲，我认识了李谷一、于淑珍，也听说了施光南、王酩。令人称奇的是15首歌曲有两首是王立平作词作曲的：郑绪岚演唱的《太阳岛上》、关贵敏演唱的《浪花里飞出欢乐的歌》。这两首歌都是电视风光片《哈尔滨的夏天》的插曲。我相信很多人和我一样，是通过它们才对哈尔滨产生梦绕魂牵之情的。

一晃40多年了，我对哈尔滨这座百年冰城的了解，还停留在这两首歌的层面，直到今年深秋，才有了亲近哈尔滨的机会。在石家庄上飞机，邻座是一位哈尔滨人，40多岁，高大的身材略略发福，黑黑的脸膛，嘴唇上方留着斯大林式的两撇胡子，手腕挂着豪放粗犷的手串，无名指套着粗而宽的金戒指，黄烘烘的。这位仁兄很健谈：“现在去哈尔滨没有什么看头儿。冬天，冰灯冰雕，夏天，有花有草，凉快。现在什么也没有。”我说：“没有办法，身不由己，公差。”

我们在网上预订了酒店，入住后才知道，误打误撞居然站在了这座城市年轮的起点——老道外中华巴洛克历史文化区。我把这归为命运的安排，既然当下哈尔滨“什么也没有”，那穿越一段繁华和悲壮的历史，算是对我的补偿吧。

哈尔滨是中东铁路拉来的城市，也是中东铁路压在祖国母亲背上最初最重的一块枕木。鸦片战争以后，沙皇俄国一直把吞并中国东北地区作为它的既定国策，从19世纪80年代起即酝酿建设一条穿过中国东北地区的铁路，把远东重镇符拉迪沃斯托克与西伯利亚铁路东段连接在一起。1895年秋，沙俄未经中国政府同意，派人到中国东北进行勘察。清朝光绪二十二年（公元1896年），清政府特使李鸿章赴俄祝贺沙皇加冕典礼，在沙俄的威逼利诱下，与沙俄签订丧权辱国的《中俄密约》，允许俄国修筑东清铁路，即所谓的中东铁路。作为中东铁路的中心点，哈尔滨老道外被划为沙俄的附属地，吸引了山东、河北大批闯关东的流民做“老博代”（俄语的意思是苦力），有的修铁路，有的做航运搬运工。流民大多聚居在松花江边的马场甸子，逐渐形成了四家子、傅家店（后改作傅家甸）村落，傅宝善、傅宝山兄弟开设了老道外第一家马车店、黄酒馆、小药铺，成为龙商创始人。以此为中心，逐渐形成了北市场集市、街道、胡同。商人们从走街串巷的“行商”做起，逐渐发展为摆摊设点的“坐商”，有的还发展成为“融贾”和“大商”。我们入住的酒店，将老道外龙商历史的脉络归纳为“红色印象：老道外行商”“青色印象：老道外坐商”“褐色印象：老道外融贾”“华乐舞台：老道外大商”四个阶段，这种融进色彩之感的诠释，让人把握到了那个年代的印迹。这个酒店是一座建于1920—1925年的中华巴洛克建筑，原为恒聚银行，形式如同传统四合院，内院设木制外廊，挂檐板采用俄罗斯传统样式。四合院的外墙上悬挂着几十幅图片，有龙商群英图、民谣录、钱庄业兴衰史、老道外民风民俗画，生动直观、惟妙惟肖，让人不禁感慨先辈创业艰难，崇敬他们不屈不挠的奋斗精神。

20世纪初，在傅家甸一带，龙商云集，人口稠密，地摊市场，五行八作，行商走贩多如牛毛，道里道外形成了两个北市场和八杂市。老道外北市场十分繁华，所谓大观园，有“哈埠小天桥”之称，流传的民谣述说着当时的热闹景象：“早起江边遛遛鸟/街头喝碗豆腐脑/北市场里转一圈/真假膏药王麻街/六店膏药生意兴/虎狼熊鹿全都有/卖艺拔牙大力丸/治癣除痦瘊子王/拉洋片的唱得欢/相声快书争着喊/蹬缸戏法耍大刀/二人转扭翻了天/听场大鼓喝碗茶/大观园里折子戏/票友戏迷全叫好/金家茶馆说评书/祥贵书馆人满座/三侠五义杨家将/单口相声冯大全/山东快书铜板响/老白皮影耍得欢/吊线木偶嘴巴动/耍猴铜锣鞭子抽”；还有：“春芳里头叫相好/摆台酒宴找个乐/陪宿大洋要十块/冬天棉袍送当铺/大烟馆里点个泡/一缕青烟梦中游/瘾君醒来兜里空……哈埠天桥北市场/一天光景逛不完……”；北市场和八杂市的小吃也很丰富，流传的民谣有：“八杂市场仁义馆/清真牛肉蒸饺馆/特色佳肴炒牛肚/仁义选料保风味/桃花巷里裤裆街/吃盘范记三鲜饺/二两白干熏酱菜/象牙筷子银瓷碟……”

中东铁路的建成通车和松花江通航，吸引了大批外国人和外国资本，这里渐渐成为远东洋人聚居的大都市，在沙俄附属地，洋人开始大规模兴建城市，新艺术运动、巴洛克、古典主义、文艺复兴、折中主义等艺术风格的建筑纷纷出现。同时，经过血汗积累，一些成功的民族工商业者也在老道外置地建房，巴洛克风格的热烈与繁华正好迎合了这些人的炫富心理，他们开始仿造对面那些西洋建筑，并用中华民族的传统饰物对建筑进行了改造，在巴洛克建筑的外墙添加了牡丹、石榴、金蟾、蝙蝠等有吉祥意义的图案，同时为了适应前店后厂的商业模式，中式四合院被运用到巴洛克建筑中，将西洋建筑深深地刻上了民族的烙印，中西合璧的中华巴洛克建筑就此诞生。

哈尔滨，这座被喻为“东方小巴黎”的美丽城市，据说其名字来源于女真语的村名阿勒锦，有名誉、荣誉、声望、声誉等含义。遗憾的是，她在屈辱中诞生，在被奴役和欺压中成长。自19世纪末到20世纪中叶，东北全境受尽了俄国人、日本人的肆意凌辱，俄国人曾经在东北制造了野蛮血腥的“海兰泡大屠杀”，日伪则在东北野蛮统治十余年，掠夺煤炭、铁矿、粮食资源，使用惨无人道的细菌战。入侵者惨无人道的罪行罄竹难书，中东铁路就是伸入祖国母亲肌体的吸血管，驱使她的儿孙把各种营养送入奴役者的口中。

在中华巴洛克历史文化区，头道街、二道街、三道街，有纯化医院、老鼎丰、顺源当、大兴鸿、同义福、仁和永绸缎庄、义顺成、义顺源、德泰祥杂货店（继革大院），它们历经风雨沧桑，留下了许多可歌可泣的故事。原四道街口的福泰绸缎鞋帽庄是彰显民族龙商、维护民族尊严的代表，当时它的正门上顶部装饰着一对中华民族传统狮子造型，两只狮子的前爪分别踩着一个绣球。这引起了英国领事馆和商会的不满，竟说狮子脚踏大英帝国领地，损害了他们的主权，要求拆除，经过国人的奋力抗争，狮子终于保住了。人们把此事编为数来宝谴责英国人的蛮横无理：“糊里糊涂英国佬，戴个眼镜还发蒙，绣球看成大地球，硬说狮子踏他家，叽里呱啦瞎叫唤，福泰老板一顿骂，灰灰溜溜跑回家。”

日伪统治时期，东北抗日联军奋起反抗，在冰天雪地承受生命极限的环境里，冒着枪林弹雨与敌人进行殊死抗争。杨靖宇豪情万丈，创作了《东北抗日联军第一路军军歌》。这首歌充满了对革命必胜的信念和革命的乐观主义精神，它振奋了军威士气，有力地打击了敌人。《东北抗日联军第一路军军歌》像一盏明灯照亮了后人前进的道路。杨靖宇在山林中与敌人激战数日，身上多处受伤，后被敌人包围，在只剩下一个人的情况下，他仍毫不畏惧，顽强抗击，击敌死伤20余人，壮烈殉国。杨靖宇牺牲后，敌人残忍地铡下了他的头颅，又剖开了他的腹部，惊骇地发现他胃肠里尽是未能消化的枯草、树皮和棉絮，没有一粒粮食，日寇无不震惊。杨靖宇将军用鲜血浇灌着和平之花，用生命捍卫了人类的正义，倭寇不得不为之低头以示崇敬。周保中在白山黑水的密林中写了70多万字的战地日记，记载了东北抗日联军艰苦卓绝的抗战事迹。赵尚志、李兆麟、赵一曼誓死抵抗日寇，八女投江时，最大的冷云23岁，最小的王惠民只有13岁。这些故事，无不诠释着战士们捐躯赴国难、视死忽如归的气贯长虹的爱国精神。

漫步在中华巴洛克历史文化区，那一座座百年历史的建筑，见证着龙商曾经的血泪和辉煌；斑驳的墙体铭刻着沙俄、日伪残暴统治的记忆；惟妙惟肖的吉祥饰物凝结着中华儿女的勤劳智慧；静谧的街道无声地启示后人，哈尔滨所谓的名誉、尊严和声望不是天上掉下来的。一座座中华巴洛克建筑是哈尔滨永远不可磨灭的痕迹，是中华儿女进取、尊严和不屈的象征，是见证祖国母亲被欺凌、铭记无数先烈英勇抗争的历史纪念碑。

又闻杏花谢

牛王寨在行唐县城西北方向的低山丘陵地带，距我家十几公里。小时候的冬天，天空高远，空气凛冽，几十里外山坡上的沟沟坎坎都看得清清楚楚。我们常常远眺牛王寨。

牛王寨这名字总让人想起梁山好汉来，一查资料，果不其然。隋朝末年，天下大乱，一牛姓青年，据山建寨称王，安境保民，山寨因此而名牛王寨，现存500余米寨墙即佐证。这个海拔几百米的小山丘，没听说过有什么好景色，可近几年常常收到朋友邀请：来牛王寨赏杏花。对于花花草草，我这样的粗人兴趣不大，但杏花和牛王寨这个匪气十足的地方联系在一起，我倒有意去看一看。但好几年，或者因为懒，或者因为事，总是错过花期。正所谓“天天忙些破事，年年辜负春光”。

上班路上，春意一天浓似一天，一夜之间，迎春花绽开了黄黄的花瓣，民心河边的垂柳由枯黄变嫩绿，民心广场的玉兰也吐出花蕊。朋友来电话，看杏花就周末来吧。却未能成行。转眼又是一周，我给朋友打电话。朋友说杏花谢了，明年吧。嗨！“准拟”的赏杏花“乐事”，又落了个“枉却一东风”的结局。

岁岁年年花相似，杏花明年依旧笑春风，来年再看也一样。但是今年的杏花是今年的，明年的是明年的。据说人不能两次踏进同一条河流，难道两年可以看到同样的杏花吗？朋友安慰我说，杏花错过了就算了，“杏花是桃花的姐姐”，杏花谢了可以看桃花，桃花完了还可以看海棠、牡丹、芍药，到了劳动节，山上的槐花也开了，月季不是叫月月红吗，随时都能看。我不以为然。我非花痴，非看花不可，之所以动了看杏花之念，并不是因为它多美，一半是因为它开得早，“红杏枝头春意闹”，文人墨客多评价这个“闹”字之妙，我却觉得这是在赞美红杏开花之早。一半是因为它开在了牛王寨，有点“匪气”的杏花才是我真心想看的。

错过了那年的杏花，不值得太过伤感。人生路上，我们不知道错过了多少美景。有人说，人的一生都在选择。不错，既然有选择，就一定有错过，而且错过的总比得到的多，心情无限而人事有定。得到是相对的，失去才是绝对的，我们应当善于接受错过和失去。

失是失，得也是失，人生意义何在？苏东坡《前赤壁赋》有云：“客亦知夫水与月乎？逝者如斯，而未尝往也；盈虚者如彼，而卒莫消长也。盖将自其变者而观之，则天地曾不能以一瞬；自其不变者而观之，则物与我皆无尽也，而又何羡乎！”人生短暂，唯忘却得失，顺其自然，行所当行，止所不可不止，做到无愧于己，无愧于人，最后化烟化灰，也算没有白来世上走这一遭。

家乡打夯歌

20世纪六七十年代，家乡盖房子离不开打夯。

夯分石夯和木夯两种，石夯用于打房子的地基，木夯用于打墙体。石夯是一块下面稍大上面稍小、近似长方体、大约1米高的石头，石头上端有两个浅槽，浅槽里边绑着两根木柄。打夯时由4个人抬升1米来高，让石夯自由落下，一个点打上三四次，就可以将土夯实了。

打夯的关键是“气”和“齐”。“气”是一种昂扬兴奋的气氛，“齐”是整齐默契的配合。为了获得“气”和“齐”，打夯时需要喊号子。这种号子粗犷悠长，豪迈有力，曲调单一却不乏魅力，听起来像催动千军万马的军歌，权且把它叫作打夯歌吧。打夯歌须由一个经验丰富的人领唱，其他人相和。领唱者是打夯队伍的总指挥，首先拉着长声唱道：“提起夯来走着吧。”这句是让大家将夯抬起放到准备夯实的点上。其他人和道：“提起夯来挪着吧。”同时大家将夯稍稍抬起，放在准备夯实的点上。领唱的人再唱：“提起夯来打着吧。”这句是告诉大家要来真的了，必须高高抬起夯来，狠狠地打。大家心领神会，高声和道：“提起夯来戳着吧。”同时一齐用力将石夯抬至齐胸高，再让其落下。领唱者可以根据情况决定一个点打几下，如果觉得某个点打得不到位，可以唱道：“再打一打哟。”其余3人就和道：“再戳一戳哟。”一般来说，地基1米多宽，在这个宽度内，石夯的点一般需要打3列或者4列。一个点打好后，需要挪一个点，挪哪一个点，得听领唱的。如果他唱道："一溜一行地挪着吧。"就是告诉其他人，石夯要顺着往前挪下一个点。这时其他人就会和道："一溜一行地走着吧。"同时将夯向前挪一下。如果领唱的唱道："当中间的挪着吧。"那么就是告诉大家，石夯要平行往里边挪一个点。这时其他人就会和道："当中间的走着吧。"同时将夯平行着往中间挪一个点。有时候，领唱者为了让大家稍微喘口气，就故意唱一句生僻的歌词，其他人一时和不出来，夯就抬不起来了，大家哈哈大笑一阵儿，体力恢复一些，再重新开始。

领唱者可以根据当时的情况随机编词。有一次，三娃家请人打夯，保成负责领唱。保成长得腿长胳膊长，走起路来步幅很大，胳膊甩得老高，人送外号"大甩手"。打夯开始前，三娃家蒸的窝窝头不好吃，人们没吃饱有意见又不好明着发作。大甩手领唱时编了一套词，生逼着三娃家给大家割肉打酒。他编的歌词是：

大伙儿使点劲哟，哎嗨哟。
一会儿有肉吃哟，哎嗨哟。
东家打了酒哟，哎嗨哟。
叫你喝个够哟，哎嗨哟。

三娃听了这词，脸红一阵儿白一阵儿，只得备好酒肉招待大伙儿。

村里有一个四五十岁的妇女，年龄不大但辈分很高，几乎是全村人的奶奶，他男人在家排行老五，所以人称五奶奶。五奶奶生活在农村，无奈天生丽质难自弃，皮肤白皙、细腻、光滑，得个外号"白泥鳅"。由于她辈分高，人也豁达，所以男人们都爱开她玩笑。有一次她在打夯队伍旁边路过，领唱者就打上了她的主意：

大家往东看哟，哎嗨哟。

泥鳅过来了哇，哎嗨哟。

泥鳅白又嫩哟，哎嗨哟。

真想吃一口哟，哎嗨哟。

正当大家乐滋滋张着大嘴唱的时候，却不想“白泥鳅”手里攥着一把灰土，走到跟前往打夯队伍里一扬：“兔羔子们吃去吧。”大家眼睛被眯了，嘴里进了土，哈哈大笑了起来，夯也打不成了，就趁机吸锅烟小憩一番。

这种打夯歌，尽管只是简单地循环往复，但唱好绝对不容易，特别是领唱者，需要声音高亢，富有鼓动性和感召力，否则一会儿大家精神不集中了，力气就没有了，夯也就没法打了。村里有一个50多岁的汉子，真名不知道，人们都叫他“三猫鼻子”。三猫鼻子是出了名的领唱者，尽管文盲一个，但领唱的歌词很会随机变化，声音洪亮，曲调悠长富有磁力，他一领唱，大家精神劲儿十足，一点儿也不感到累。现在想来，他的歌声，可能达不到战国时期秦青“抚节悲歌，声振林木，响遏行云”的境界，但《水浒传》中铁叫子乐和也不过如此吧。像盖房子打地基这种小活，对他来说简直就是“小儿科”，他曾经在全县兴修水利的工地上，站在高处，不用话筒，“裸嗓”同时为五六组打夯者领唱，出尽了风头。因为当时修水利工程的民工来自全县各地，所以他在打夯领唱方面，可谓誉满全县了，着实为自己争了一把光。

在我看来，打木夯与打石夯相比，趣味就差些了。木夯，就是一根长1米多、直径20来厘米的圆木，圆木中段镂出4个柄。打夯时将夯竖起来，由两人分别抓住柄，然后开始打。为了统一节奏，一人喊：“哼！”另一个相和道：“哈！”如同夏天的池塘里青蛙呱呱的叫声。可能是为了防止单调吧，有时一个人故意将声调变一下，另一个人就相应地也把声调变一下。这样“哼哈、哼哈”循环往复，两个人随着节奏将夯举起落下、举起落下。如果套用鲁迅先生关于“杭育杭育”派的论述，家乡的这种打夯歌应当属于“哼哈哼哈”派。

疑虑尽释

老Q原来在单位是个中层领导，大小负点责。刚过知天命之年，领导让他给年轻人让位，他就退居“二线”了。闲来没事，他坐在办公室看看报纸喝喝茶，每天把报纸夹缝里的内容读完了也熬不到下班时间。百无聊赖中他突发奇想，何不写点东西投到报社发表发表？于是，他仿照报纸中一篇自己颇有感触的文章下了笔，写着写着，竟来了点灵感。写完读了两遍，加以润色，自我感觉尚可，就寄到了当地一家报社。这个事，老Q根本没有往心里去。大约过了一个星期，老Q照例翻看当天的报纸，他的那篇习作居然登报了！虽然算不上历尽沧桑，可毕竟也是个过来人了，但是自己的名字工整地印在报纸上还是破天荒第一次。望着自己的文章，尽管只是千把字的小豆腐块，老Q竟然孩子般地有了一点飘飘然的成就感。

老Q真有点心血来潮了，想着如果能早点动笔，作品也许已经集结出版了。往者不可谏，来者犹可追，现在动笔也不晚。于是他不停地写作，不停地投稿。当然也读报纸，但再也不像原来那样仔细了，只是走马观花似的浏览一下题目，看看自己的新作是否又发表了。令他失望的是，在以后的几个月里，他投出去的十几篇稿子都是泥牛入海，杳如黄鹤。

一天，老Q的儿子从外地回来，闲谈中知道了这件事，毫不客气地嘲笑他太迂。他辩解说："那为什么报社给发表了那篇文章？"儿子说："如果不是你瞎猫碰上死耗子，就是编辑大人那天打瞌睡了。为什么后来再发表不了了？劝你没事还是练练太极、打打麻将什么的，费脑劳神的事别干。"

听了儿子的话，老Q不尽以为然，可当初的万丈豪情已不复存在，又开始了靠两杯茶水、几张旧报打发日子的生活。只是每当读报的时候，心理上不像原来那样坦然和纯洁了，对报纸上的文章和报社的编辑平添了几分怀疑和忧虑。有一天，老Q在报纸上读到一篇小散文，文章的取材和作者的议论与自己原来投的一篇稿十分类似，只是人家写得不仅全面深刻，而且趣味横生，说出了许多他想说但说不出来的话。读了这篇文章，他不仅心中大觉畅快，而且对报社编辑的疑虑也烟消云散了。"并非我写得好却因不认识编辑人家不给登，是我写得不好啊。业患不能精，无患有司之不明。我还要写下去，别说大器晚成，闹个小器晚成也不枉活一世。"

老Q又开始写作、投稿了，发表了他高兴，发表不了，他也不怨编辑。老Q的写作水平有无提升暂且不论，心态上倒是小有长进。

别有风采

韩羽可能是唯一获得过鲁迅文学奖的画家。近日读他的《信马由缰》，里边好多插图，我不懂绘画，不敢妄加评论，但文章写得真是不赖。

书中《半分利》那篇，韩羽说他家有一张木版年画，画着一个人藏在水缸里，用手掀起缸盖，露出半个脸，正在偷笑。屋子中间站着一个女人，还有一个背着褡裢、夹着算盘正在跨出门外的人的背影。文中还讲了半分利腊月二十九到茅厕躲年关的故事。

这让我想起我们村曾经发生的一件真事。张洛树是个穷光蛋，欠了财主的钱，靠着除夕躲年关，好几年没有还账了。又到一年的腊月三十，没钱还债，无处躲藏，炕上有一个席圈，本是贮存粮食的，没有粮食可存，席圈里空空如也。张洛树就蹲在席圈里。财主来要账，看他不在，就在家里坐等，一边抽烟一边和他的老婆闲聊，半天过去了，张洛树大气不敢出，憋得差点尿了裤子。要账人实在等不到他，就出了家门。张洛树把席圈猛地一翻，往起一站，“哈哈哈”大笑三声：“憋不死的张洛树又熬过了一年。”话音未落，要账人就进屋了：“好你个张洛树，我就知道你在家。”

韩羽笔下的半分利躲过了年关，正月初一一大早拜年，路遇债主李二爷，也没觉得尴尬，拱拱手：“发财发财”。“好小子，你跟二爷藏迷糊。”正月十五，半分利耍“玩意儿”，装县官，大模大样，拿腔拿调地说：“我这县官什么都不认，只认银圆，有钱人快来打官司哟。”李二爷在人群里说道：“我的账还没还哩。”

要账的和欠账的，平时相安无事，年关可以逼债，但逼债只针对男主人，女主人完全可以“事不关己，高高挂起”。逼债可能会成为捉迷藏游戏，捉住了服输，捉不住，对不起，正月初一见面拱拱手，欠的账就自然拖到下一个大年三十啦。穷人千难万难，但乡风民俗给他们留着一条开心的路径——躲过年关就是胜利。在这捉迷藏中，要账的在明处，欠账的在暗处，要账的账要不回来，还难免会成为逗人开心的傻瓜，转天到了大年初一，要账的在欠账的面前，已然成了斗败的公鸡。

我喜欢韩羽笔下的半分利，也没来由地喜欢张洛树，对比“回也不改其乐”，他的“哈哈哈”三声大笑和那句“憋不死的张洛树又熬过了一年”，别有一番风采。

第二辑

林下泉声

王圆箓与张洛盘

余秋雨的《文化苦旅》开篇是《道士塔》。这篇文章用“秋雨”式的笔调，细致生动地刻画了“敦煌石窟的罪人”王圆箓的嘴脸：穿着土布棉衣，目光呆滞，畏畏缩缩；卑微、渺小、愚昧。这个“肮脏的土道士”用石灰粉刷了精美的壁画，砸烂了洞窟的雕塑，代之以天师和灵官。对于王圆箓，余先生甚至要向他下跪，要求他“住手”。对于王道士像做小买卖一样，向斯坦因、伯希和们出售珍贵的经卷，余先生想象着要在沙漠里拦住车队大哭一场：“我好恨！”

哭也罢，恨也罢，下跪也罢，历史的偶然，道士王圆箓于1900年春夏之交的一天，打开了一扇轰动世界的门，敦煌因此走向了世界，莫高窟也因此受到了前所未有的关注。“一门永久性的学问，将靠这个洞穴建立。无数才华横溢的学者，将为这个洞穴耗尽终生。”

河北省博物院的郝建文先生曾专门临摹莫高窟壁画。近来他听说河北行唐县曾经有一座清凉寺，寺内一幅三菩萨壁画十分精美，于20世纪初被英国人掠走，现藏于大英博物馆。他通过朋友在大英博物馆照了照片，组织团队对壁画进行了一比一临摹，后来参加了第三届“一带一路”壁画论坛——传统壁画的复制与修复研究暨作品展。为加强对清凉寺的了解，郝先生想到现场看看，找熟悉情况的人聊聊。近日，老朋友老陈来石家庄，他对清凉寺有过研究，曾写过相关材料，我请陈老兄向郝先生介绍了一些情况。

行唐清凉寺，原本属于董磁沟、陈磁沟、刘磁沟、吴磁沟、王家庄5个村共有。据清代行唐县志记载，清凉寺是金大定，即1161—1190年修建，明永乐年间有过一次大修。寺内壁画是五台山和尚所画。据说，壁画经过多次修改，前后历时44年之久。南方僧侣们到五台山进香，经过清凉寺，都要在这里休息，因此又称“歇脚寺”。因为沾了五台山的光，清凉寺也非常有名。

清凉寺的壁画很精美，东墙画的是谷子，谷子上落着一个蚰子，传说晴天时蚰子就趴在谷子上，而且还能听见叫声，阴天就不见了，很是神奇。西墙画的是一匹马，马头向南，这匹马会在夜间偷偷从墙上下来去偷吃寺外面的麦苗。北墙画着三尊菩萨，有近4米高，人站在下面需抬头才能看到壁画全貌，画中菩萨穿的衣服好像被风吹得动起来一样，看的时间久了，那菩萨好像降临到你的面前，让你整个人如临仙境。清凉寺的壁画非常出名，不知怎么让外国人知道了。20世纪20年代前后，来了一个洋人，看中了壁画，想把它买走，托一个定县的买办商人来谈此事。百姓们自然是不同意卖。上碑村大地主张洛盘想从中获利，仗着自己家大业大势力大，硬说这寺有他张家的份儿，从中牵线搭桥，极力促成此事。洋人起壁画那天，百姓们知道洋人要在寺里“起泥皮”，拿着枣条（拇指粗细的枣树枝条）涌到寺里来保护壁画。洋人看局面不好收拾，假装妥协，同意每村派代表到县里谈判。然而谈判只是幌子，村代表到达县城后便被软禁起来。政府官员拿了人家的好处，根本不给百姓做主，反而派局子里的人打压百姓。胳膊拧不过大腿，大家见此，只能任人欺负，后殿的壁画就这样被卖掉了。2001年，一位驻英国使领馆的外交官在大英博物馆见到一幅壁画上标注“中国　河北　行唐　清凉寺”字样，他很惊讶，将此消息辗转告诉了行唐县委的领导。行政县委领导责成有关部门调查此事，人们才知道，原来当年的三尊菩萨壁画被运到了英国。

对于流失海外的莫高窟经卷、清凉寺壁画，人们扼腕叹息之余，无不痛心疾首、义愤填膺，完全有理由像余秋雨那样把“愤怒的潮水”向王圆箓、张洛盘这样无知、无耻的民族败类倾泻，让他们负起“这笔文化重债”。今天人们常常想：假设王圆箓当年没有发现藏经洞，假设清政府阻止了“这笔买卖”，那该多好！看到大英博物馆收藏的清凉寺壁画的照片，国人特别是行唐县人，也会像祥林嫂那样：“假如我们的清凉寺还在……”

历史没有假设，即使允许假设，是不是会如人们想象那般美好，恐怕也是问号甚至是感叹号。莫高窟自唐以后逐渐式微，至清代已经没有像样的洞窟了。到清末，许多洞窟因无人管理被风沙掩埋，正因为王圆箓清理风沙发现了藏经洞，经卷流失海外才让敦煌一夜间蜚声海内外，引起了国内外的高度重视，产生了敦煌学。民国时期政府成立敦煌研究所，在国内开辟了敦煌研究的新纪元。如果王圆箓没有发现藏经洞，谁会关心莫高窟？它也许会成为一片废墟。高尔泰在《寻找家园》一书中写道：“历年来的牧驼、砍柴、敬香赶庙会的人来人往，拴驴饮马停车过夜，磕磕碰碰，撞断塑像一根手指或一条臂膀，磨掉壁画上一只眼睛或一个面孔之类的事，从来没人过问。”人们都骂王圆箓，可王圆箓后，人们对莫高窟又做了些什么：1922年，当地政府安置白俄逃亡者500多人到莫高窟居住，每天提供食物，任他们在洞内支床、安炉、生火做饭、刻画涂抹，敲取唐宋窟檐、栈道上的木头当柴烧，刮去许多塑像上的贴金。1939年，马步芳部队驻扎在莫高窟，乱挖乱掘，损失更是无法统计。再说了，如果王圆箓是一个具有知识和民族气节的人，没有把经卷卖给洋人，当时的国家果真有能力保护这些经卷吗？八国联军火烧圆明园和发现藏经洞是同一年，试想，皇帝连自家园林都保护不了，哪里还有心有力顾及那几堆腐朽的经卷？况且洋人劫掠之后，据陈垣的《敦煌劫余录》记载，剩余的经卷落入大小官员手中、沿途散佚、被抢救者据为己有的大量文物，而今连影子也见不到了。即使收入北平图书馆的卷子，许多都是撕裂了拼凑的，精彩的部分早已杳无踪迹。据高尔泰的《寻找家园》记载，即使到了1962年，在莫高窟早已得到国家的专门研究和保护的情况下，有保护人员、研究人员认为清代塑像丑陋难看，居然把它们全部砸毁，清理出洞，丢弃戈壁滩。

清凉寺的情况与莫高窟差不多。清凉寺壁画被挖掉后，好像失去了定海神针，很快就衰落破败了。民国时有句话说“中华民国大改良，拆了寺庙建学堂”。壁画被卖掉以后，这里就改成了一座小学，寺里的和尚都上了五台山，种地的长工们也各自散去，寺里100多亩土地也没有人管理了。“七七事变”后，各村秩序很乱，有人便开始拆大寺，拉木头拉砖，并迅速形成一种风气。刚开始是天黑以后去拆，渐渐地，人们胆子大起来，太阳还没落山就行动。人们把砖拉回去打猪圈砌墙，把木头拉回去做家具。仅南王庄王某人，在清凉寺拉的木头就做了七八口棺材和一个方桌。他还把寺里的那盘石碾拉到他家，据说至今还在他家院子底下埋着。后殿的大梁是一棵粗大的荆木，陈磁沟村的陈某人把大梁拉回家卸成木板做了家具。到1940年左右，大寺就剩了一堆废墟。其间为了抗日，上级要求把寺里的八翅大钟砸碎做手榴弹，整整砸了3天才把大钟砸烂！清凉寺被拆得仅剩了几个土堆之后，人们又把土堆进行了整平，种上了荞麦。1958年“大跃进”时，人们把残存的一些石碑、砖瓦运走垒了猪圈养猪。1978年后，几户人家为了盖房垫地基，又深挖四五尺，整个清凉寺遗址变成了一个大坑。

莫高窟、清凉寺的遭遇，正如鲁迅先生说过的，国人对于老祖宗留下的东西，内行的偷，外行的烧。王圆箓、张洛盘，不论是出于无知还是无耻，国宝从他们手上流失海外，必将使他们永远遭到人们的谴责和唾骂。然而被劫掠的文物至今还在大英博物馆里得到妥善保护和公开展览，莫高窟也得到了相应的保护和研究，清凉寺还会有人想起，从这个角度讲，我们无法说清这是幸还是不幸。相比余秋雨的激愤，我倒觉得高尔泰，这个曾经参与莫高窟壁画临摹、敦煌研究的人，他的心态倒算平和："所有这一切无心之失，都是一种历史中的自然，我们不妨听其自然。"如此看来，王圆箓死后，其弟子为其建造一座道士塔，是有一定道理的。

百年沧桑话春谊

第一次去长春，误打误撞，入住了日本人100年前建造的春谊宾馆。

春谊宾馆在长春站的对面，主楼只有两层，并不显眼。时光倒流100多年，这里到处是黑乎乎低矮的房子，街道狭窄破烂，路上行人衣衫褴褛，男人脑后拖着油腻腻的“猪尾巴”辫子，女人裹着小脚。突然有一天，一座欧美艺术风格的大楼矗立起来，别致的造型、靓丽的墙体、豪华的装修，电灯、煤气、自来水、抽水马桶、暖气、会议室、车库等一应俱全，透过低矮的栏杆，能看到院子里栽植着许多奇花异草。这就是春谊宾馆的前身——大和旅馆。很难想象，当时“猪尾巴”辫子和小脚女人面对这座现代化旅馆侧目而视时作何感想，惊诧？羡慕？悲哀？愤怒？抑或麻木无感？

大和旅馆的修建与一场战争有关，战争双方都不是“主场”作战，他们是在别人家的院子里，为争夺一块本不属于自己的肥肉而大打出手，这就是发生在100多年前的日俄战争。19世纪末20世纪初，中国是帝国主义列强围猎的猎物。沙皇俄国制订了所谓的“黄俄罗斯计划”，企图将整个中国东北吞并。甲午战争后，日本逼迫清政府将辽东半岛割让给日本，这动了“北极熊”的奶酪。1895年4月17日《马关条约》签字当天，沙皇政府伙同德法两国对日施压，演出了一场“三国干涉还辽”的闹剧

（实际上是清政府以白银3000万两向日本“赎回”辽东半岛）。沙俄以“还辽有功”为借口向清政府敲诈勒索，逐渐取得了中东铁路修筑特权。对此日本一直耿耿于怀，于1904年2月发动日俄战争。中国东北是双方陆上交锋的战场，当地人民蒙受极大的灾难，生命财产遭到空前的浩劫。“自旅顺迤北，直至边墙内外，凡属俄日大军经过处，大都因粮于民。菽黍高粱，均被芟割，以作马料。纵横千里，几同赤地。”“盖州海城各属被扰者有300村，计遭难者8400家，约共男女5万多名。”辽阳战场“难民之避入奉天省城者不下3万余人”。“烽燧所至，村舍为墟，小民转徙流离哭号于路者，以数十万计。”连日本人办的《盛京日报》也不得不承认，东北人民“陷于枪烟弹雨之中，死于炮林雷阵之上者数万生灵，血飞肉溅，产破家倾，父子兄弟哭于途，夫妇亲朋呼于路，痛心疾首，惨不忍闻”。

日俄战争以俄国战败告终，日本攫取了长春宽城子车站至旅顺口之间铁路及所附属的一切权益。此后，日俄在东北由“抢吃”变成了“分享”，由“对掐”变成了“合作”。日俄战争成了两大恶邻“平分中国”的一次预演，而保持“中立”的清政府，却自始至终陶醉在“以夷制夷”的沾沾自喜中。这完全是懦弱的猎物惨遭围猎前的茫然无措。

依据中铁双方协议，需在长春站和宽城子站分别为对方兴建货物站台和办事处。大和旅馆的建设初衷就是为沙俄修建办事处。当时，俄国虽然战败，却瞧不起日方，在长春站货物站台和办事处的建设上，期待看日方的笑话。“满铁”第一任总裁后藤新平对此非常生气，为证明己方实力，发誓在大和宾馆的建设上，不仅工期绝不延误，而且“一定要建得漂亮”。就这样，大和旅馆成了日本向沙俄示威的一个“面子工程”。

除了和沙俄赌气的成分，日本人不惜血本修建最先进的大和旅馆，也是为了贯彻后藤新平“文装的武备”殖民政策，以此震慑国人、麻木国人。后藤新平是日本开拓和治理殖民地的“教父”式人物，他提出的“文装的武备”归根结底是“以王道之旗，行霸道之术”。在他的推动下，日本人在“满铁”附属地开展大规模的教育、卫生、文化、服务投资，即“以文事之设施以备他人之侵略，一旦有缓急之事俾便帮助武断之行动”。由此可见，大和旅馆实际上是“文装的武备”，是殖民统治的重要设施。

大和旅馆于1909年建成，清政府的海军大臣载洵、萨镇冰成为其接待的第一批贵宾。后来，“满映”的著名女演员李香兰和许多日本的企业家、军政要人、高等浪人以及富有的旅游者，也曾经在这里驻足。大和宾馆在建成后的几十年里，见证了日本关东军提线木偶般地操纵着伪满洲国，见证了日本投降后中共东北局长春市委的成立，见证了国民党军长曾泽生在此举义……

长春解放以后，该旅馆由中国长春铁路管理局接管，更名铁路宾馆，但并未营业。1955年10月1日开业时，旅馆改名吉林省人民委员会接待处，后又改名为交际处和吉林宾馆；1958年改为中国国际旅行社长春分社；1975年改称春谊宾馆。

在春谊宾馆的正门有两块牌匾，一块上面有四颗五角星，标明宾馆的星级，并有“春谊宾馆，历史百年”字样。另一块“百年历史酒店联盟”字样。走进春谊宾馆的大厅，左右两侧各悬挂着一幅图片，分别用中日文简要介绍了宾馆的历史。二楼中厅，正面是一块高大的玻璃海鸥图案屏风（旁边特别注明为百年原物）。右侧是一面照片墙，照片两侧悬挂条幅，右侧为“大和旅馆，百年岁月满眼显赫印迹”，左侧为“大和旅馆曾经居住的政要名流”，照片墙有溥仪的单人照、溥仪和皇后婉容的合影、妃子李玉琴的单人照等。还有清政府海军大臣载洵、日本关东军司令本庄繁的照片。

另外，2011年当地斥巨资对宾馆进行了改造，据说是为了恢复百年前的原貌。

春谊宾馆，历史百年，而且“恢复了原貌”，是其商业推销的重要卖点。但当我看到“百年岁月满眼显赫印迹”一行字的时候，不知道为什么觉得特别刺眼。难道这百年历史真值得炫耀吗？都是哪些“显赫”在这里留下满眼“印迹”？我很不恰当、很煞风景地想到了杜牧的《泊秦淮》。

据说，“春谊”是“长春友谊”的意思，但是却没有说是和谁的友谊。但愿国人美好的愿望能改变那些始作俑者的初衷，将“文装”彻底扒掉，把“武备”彻底收起，讲真正的友谊。

蒲松龄的幸与不幸

盛夏时节，一个偶然的机会，拜谒了蒲松龄故居。

蒲松龄故居在山东淄博蒲家庄——一个处处弥漫着明清气息的古村落，灰砖、白墙、尖顶灰瓦的房子，古香古色的大门，门楼的4个角镶嵌着砖雕的瑞兽。故居门前的街道中间，一溜排开3株古槐，茂盛的树冠，纯静的绿叶，洋溢着生机勃勃而又安详沉静的气氛。

故居有6套小院7个展室，整座建筑以聊斋为主题。前院茂盛的竹林前，矗立着一座汉白玉蒲松龄坐姿雕像。“聊斋”的院子里有一株石榴，青涩的果实挂满枝头。整座院落曲径通幽，错落有致，既保持了历史风貌，又独具地方特色。“聊斋”正室里悬挂着一幅蒲松龄画像，据说这是一件镇馆之宝。这幅画像是蒲松龄四子蒲筠请江南著名画师朱湘鳞绘制。根据蒲松龄“长子传书，次子传像”的遗言，画像由蒲翁次子蒲篪一支世代相传。1954年，蒲篪七世孙蒲人镐的后人将其捐献给蒲松龄故居管委会，1961年由故宫博物院重新揭裱，1982年被定为国家一级文物。这幅画像中，蒲松龄身着贡生官服，正襟端坐，左手捻须，右手自然地放在圈椅扶手上，头顶上的小红帽特别显眼。

曾经见过《聊斋志异・婴宁》篇一个课件，里边有一个问题：从蒲松龄画像中你看到了什么？当时这个问题没有引起我的特别关注，现在面对这幅画像，我陷入了沉思。我反复观看画像中蒲松龄的眼神，发现他的目光不够坚定，不是炯炯有神，更没有一丝霸气，反而隐约流露着自卑、羞愧，甚至难为情。再看画面中蒲松龄亲笔题写的两则跋，我彻底读懂了他的目光，因为这两则跋为他的目光作了完美的注脚。其一曰：“尔貌则寝，尔躯则修。行年七十有四，此两万五千余日，所成何事，尔忽已白头？奕是对尔孙子，亦孔之羞。”这里自谦相貌丑陋，但重点是说自己枉活70多岁，虚度25000多天，一事无成，而今白发苍苍，面对子孙很是羞愧。其第二则曰：“癸巳九月，筠嘱江南朱湘鳞为余肖此像，作世俗装，实非本意，恐为百世后所怪笑也。”这里点明画像的时间和来由，特别说明着“世俗装”不是本人意愿，恐怕为后人耻笑。

我理解，画像中的目光和这两则题跋，是蒲松龄对自己一生最生动的评价和总结：一事无成，心有不甘，羞于世人，愧对子孙。着贡生服非其本意。因为他不甘于用贡生代表他的人生最高成就。这套行头，没有满足他的雄心，更像是对他的羞辱。

蒲松龄对自己的认知，反映了他矛盾拧巴的一生。朝为田舍郎，暮登天子堂是他毕生的志向和追求。他19岁初应童子试，以县、府、道三个第一名补博士弟子员，颇受当时主持山东学政的著名诗人施闰章的赏识，赞他“观书如月，运笔成风”，一时文名颇高。这个良好的开端让他信心爆棚。他与同乡学友砥砺学问，与李希梅等人结成“郢中诗社”，制订每日学习计划：“请订一籍，日诵一文焉书之，阅一经焉书之，作一艺、仿一贴焉书之。每晨兴而为之标日焉。庶使一日无功，则愧、则警、则汗涔涔下也。”从这里可以看出青年蒲松龄勤奋的风采和跃跃欲试、对科考志在必得的雄心。他还曾撰写自警联：“有志者，事竟成，破釜沉舟，百二秦关终属楚；苦心人，天不负，卧薪尝胆，三千越甲可吞吴。”展现了他在科举方面不达目的誓不罢休的决心。他以实际行动践行了他的誓言，他自19岁“弁冕童科”之后，屡试不第，直到71岁高龄，才援例成为贡生，其间共参加了多少次科考，研究者众说不一，有的说10多次，有的说20次，有的说最可靠的是5次。除正常不能考中外，还有的是因为“越幅”，有的是“抱病不获终试”。年年文战垂翅归，岁岁科场遭铩羽。现在看来，像蒲松龄这样伟大的文学家，一生心血为科举却落得如此悲惨的结局，可笑、可悲、可叹。科场的失败使他悲愤万分：“天孙老矣，颠倒了天下几多杰士。蕊宫榜放，直教那抱玉卞和哭死！……每每顾影自悲，可怜肮脏骨消磨如此！……数卷残书，半窗寒烛，冷落荒斋里。”蒲松龄未能攀缘科举出仕，一生过着清寒的生活。他的不幸，至今令人唏嘘不平。

科场失意，但一生著述颇丰。蒲松龄40岁时基本完成了《聊斋志异》的创作，该书代表了我国古代文言短篇小说的最高成就，他本人也被誉为短篇小说之王。鲁迅先生在《中国小说史略》中说此书是“专集之最有名者”。郭沫若先生为蒲氏故居题联：“写鬼写妖高人一等，刺贪刺虐入骨三分。”老舍先生评价蒲氏“鬼狐有性格，笑骂成文章”。不仅如此，《聊斋志异》早被译为多国文字在全世界流传。除了短篇小说，蒲松龄还有着多方面的成就，著有通俗俚曲14种，计有《墙头记》《姑妇曲》《慈悲曲》《翻魇殃》《寒森曲》《蓬莱宴》《俊夜叉》《穷汉词》《快曲》《丑俊巴》《禳妒咒》《增补幸云曲》等，还有《聊斋文集》《聊斋诗集》，以及关于农业、医药的通俗读物《农桑经》《药书》等。这些著作，为蒲松龄身后带来了无限荣耀，但他生前却认为这些都无足轻重。他对自己的一生，作出的是“落拓名场五十秋，不成一事雪盈头”的感慨。

今天看来，蒲松龄生前的不幸也正是他的幸运之处。“天生我材必有用”，如果人的命运真的是上天注定，那么，毫无疑问蒲松龄来到世间的使命，就是著述《聊斋志异》，科场的失意，只是上天为他完成《聊斋志异》作出的“天将降大任于斯人”的基础性安排，蒲松龄——你的舞台不在科场。

我理解，蒲松龄有一大不幸、三大幸。大不幸无非“落拓名场五十秋，不成一事雪盈头”。反过来看，这大不幸正是他三大幸中的第一大幸，如果他科场上春风得意，那历史上顶多再增添一个养尊处优、勤勉显赫的官员。据统计，历史上从唐至清共产生状元638位，其中清朝就有114位。这些状元当年是何等风光，在蒲松龄看来是多么的可望而又遥不可及，而今状元们早已“尔曹身与名俱灭”了，蒲松龄这个想中举人而不得的穷秀才却家喻户晓、走向世界，成功逆袭实现了“不废江河万古流”。这真是不幸中之万幸。

蒲松龄之二大幸是《聊斋志异》得到王士祯的赏识。《聊斋志异》在蒲松龄40岁的时候基本成书，当时他正在土豪毕际有家当教书先生，因为毕家与王士祯有姻亲关系，蒲松龄得以与王士祯相识。王士祯科场得意，官至刑部尚书，又为一代诗宗，文坛领袖，可谓门生半天下、诗友数百人，社会影响冠绝一时。王士祯读了《聊斋志异》，相当推崇，大力推介，写下《戏题蒲生〈聊斋志异〉卷后》：“姑妄言之姑听之，豆棚瓜架雨如丝。料应厌作人间语，爱听秋坟鬼唱诗。”因为王士祯的影响力，《聊斋志异》虽未刊印，但开始广泛传抄。是金子就会发光，但是金子埋在土里其光芒就不会被发现。如果没有王士祯的赏识和推介，《聊斋志异》会是什么命运和结局我们不敢设想。令人始料未及的是，当年的文坛领袖王士祯虽然一生著述颇丰，但若干年后，可怜得只有当时为提携鼓励后生蒲松龄写下的“姑妄言之姑听之，豆棚瓜架雨如丝。料应厌作人间语，爱听秋坟鬼唱诗”，因为《聊斋志异》的流传才为人所熟知，其曾经如雷贯耳的名字也因为蒲松龄才得以流传，这样天上地下的历史翻转剧，蒲王二人是做梦都想不到的。

蒲松龄之三大幸是其《聊斋志异》得以完整流传。历史上有多少大家的作品佚失不传，埋没了多少闪光的珍珠，留下了无数的遗憾。据说，宋代晏殊生前诗作万首以上，超过陆游，但流传至今不过我们熟悉的寥寥数首。代表我国古代白话小说最高水平的《红楼梦》，后40回也并非原创，就连其作者曹雪芹的身世都是厘不清的谜团。相较于这些，蒲松龄应该算是幸运的。

蒲松龄的不幸，是他个人的不幸。

蒲松龄的幸，是文学史的幸，是中华民族的幸，是人类文明的幸。

为潘悫在殷墟的欢呼雀跃喝彩

安阳与京、沪等大城市相比，显得朴实无华。但是，这座被祥云笼绕了3000年的商都，百十年前被一块刻着奇怪符号的“龙骨”唤醒，沉睡了3000多年的王朝，在这里露出了神秘的面庞。一代又一代才华横溢的学者殚精竭虑，耗尽心血，无数无孔不入的盗墓贼、古董商在这里逡巡。这一切，都是因为它——殷墟。

在殷墟，震撼我的不仅有先人留下的灿烂文明，还有潘悫们不朽的知识分子之魂。

在殷墟宫殿宗庙遗址入口处矗立着一块大石头，上面有沈鹏题写的“甲骨文发现地”几个大字。再往里是根据甲骨文“门”字写法设计的牌楼，牌楼鲜血一般红色的油漆十分刺眼，上面是“殷墟博物苑”牌匾。在殷墟，面对3000多年前制作考究、气势宏大的司母辛鼎、奇特的妇好鸮尊、精美的玉凤、神奇的象牙杯、惟妙惟肖的玉蛙以及各种青铜器、陶器、骨器，人们由衷感叹祖先的聪明才智和我们文明的悠久历史。商王祭祀中人祭留下的累累白骨，告诉人们他们或生前被腰斩，或被斩断四肢，虽然过去几千年了，他们痛苦的表情依然那么狰狞恐怖。我似乎穿越到了那个朝代，面对神秘、庄严而又残忍的祭祀场面，我的头发根一奓一奓的，冷汗从后背淌下来。我不由想到，我会不会成为“祭品”。

妇好墓中那个陪葬幼儿的尸骨让我不忍直视，我担心一转眼幼儿会翻身站起来，用茫然无邪的目光看着游人，奶声奶气地问："我这是在哪里？你们在干什么？"

面对一具具人架一样的白骨，我不敢多看多想，匆匆离开。这是怎样的一个朝代！创造了灿烂辉煌的人类文明，也留下了愚昧、野蛮和凶残的印迹。

殷墟博物馆门口，镌刻着董作宾用甲骨文缀合而成的诗句："日在林中初入暮，风来水上自成文。"馆内展示有大量的甲骨，不管是哪位先人第一个想到用龟甲、兽骨来占卜，他都无意间留下了一串串不朽的人类文明密码。甲骨文内容大都与占卜有关，涉及政治、军事、农业、天象、历法、生育、疾病、田猎、贡纳和祭祀等，其中记载的天干地支纪年法，到今天仍然在使用。有的预测何时有雨、何时无雨，如同天气预报一样。有的卜辞记述殷商时发生的月食，这在世界文明中也是首屈一指。这里是3000多年前殷商王朝的档案馆，也是中华民族幼年时期的残破记忆。通过这些记忆，我们自豪地发现，中华文明的血脉，自诞生到今天，几千年来一直在流淌，镌刻在龟甲上的早期汉字，有的今天还在使用，这一点是其他人类文明所不可比拟的。

游走在深奥的甲骨文展区，我如同文盲一般，片言只语的讲解没有让我弄明白更多东西，反而让3000多年前的龟甲又增添了几分神秘。关于甲骨文发掘过程的有关图片中，潘悫写给董作宾、李济、梁思永三先生的信，引起了我的注意和深思。这封信不长，录如下：

彦堂、济之、思永三先生：

昨电想已寓目矣。新获龟甲之完整，诚自有甲骨文发现以来未尝有也。且为数之多，殆无法估计。第一批千余版已于昨日运城，继续出土龟版积叠有序。是盖有意之埋藏，且有人为守，当即贞人欤？同人日夜工作，石、李、王、高四君已两夜未睡。夜即坐守坑旁，毫无倦怠，精神上至为兴奋。生虽未能参加工作，然亦过度狂喜，竟亦两夜未眠矣。

现用起花土方法，整个起出，以免本身秩序凌乱。下层是否还有，尚不敢知。昨夜找木匠连夜赶赴工地工作，今日能否作完尚不可知。装箱工作即将完毕，均百箱。生连日忙迫异常，故未能作详函。先此奉闻，敬请研安。

生 潘悫 六月十五日晨六时

潘悫者，所谓考古十兄弟之老十也。十兄弟是当年由李济、梁思永先生指导下成长起来的一批考古方面的青年才俊，包括石璋如、王湘、高去寻、潘悫等。信中彦堂即董作宾，济之为李济，思永就是梁启超之子梁思永。这封信短而朴实，但考古专家们的情态跃然纸上。可以看出，发现大批甲骨，参与发掘的人员至为兴奋，坐守坑旁，毫无倦怠，夜不能寐。潘悫在“昨电”报告重大发现的情况下，次日晨6点即写信将新进展向3位老师汇报，想必3位老师也是迫不及待。潘悫们的“狂喜”和欢呼雀跃，不由引发我对甲骨文的发现、发掘和保护过程的兴趣和感慨。

自1899年金石专家王懿荣发现甲骨文到1928年殷墟第一次试掘，再到1936年第13次发掘在YH127号坑发现大量甲骨，30多年的历史，是中华民族百年耻辱最令人痛心的阶段，正所谓“最危险的时候”。在兵荒马乱、亡国灭种的危急关头，在“华北之大，已经安放不得一张平静的书桌”的形势下，那些血管里流淌着传统知识分子血脉的考古学家们，冒着隆隆炮火，心无旁骛，乐在其中地在甲骨文保护和研究方面取得了丰硕的成果，他们如群星闪耀，照亮了中华文化的夜空。王懿荣之后是孙诒让等，接下来有“甲骨四堂”——罗振玉（号雪堂）、王国维（号观堂）、董作宾（字彦堂）、郭沫若（字鼎堂）。著名文字学家唐兰曾说：“卜辞研究，自雪堂导夫先路，观堂继以考史，彦堂区其时代，鼎堂发其辞例，固已极一时之盛。”

从殷墟第一次试掘到抗日战争全面爆发前的十几次发掘，奠定了我国现代专业考古的基础。特别值得一提的是，被誉为“中国考古学之父”的李济立下规矩：考古人员不得收藏文物，无论发掘买卖，涓滴归公。这种职业化的规范品行，使他的近代科学考古与学术，与附庸风雅把玩金石的古董客划清了界限。他是这样说的，也是这样做的。他一生过手的古董文物无数，死后人们整理他的遗物时，只在书房见到5只木猴子，以及台北故宫赠送的二三件仿造艺术品，未发现一件古董。李济的学生张光直曾经说过：“迄今为止，在中国考古学这块广袤土地上，在达到最高学术典范这一点上，还没有一个人能超越他。随着他的过世，一个巨人消失了……”

电影《东陵大盗》讲述的是军阀孙殿英盗掘慈禧、乾隆墓的故事。巧合的是，孙殿英就是河南人，家乡永城在殷墟东南约400公里处，他用炸药炸醒慈禧太后沉沉大梦的同时，李济、潘悫们正在土匪、盗墓贼的环伺下，在殷墟用洛阳铲小心翼翼地探寻甲骨和青铜器。所不同的，孙殿英的目的是盗宝，而李济、潘悫们是在追寻逝去的几千年的文明。孙殿英所盗无数宝物去向至今还是个谜，是继八国联军进京、火烧圆明园，王圆箓向斯坦因们出售莫高窟藏经洞藏经之后第三大文物浩劫。李济、潘悫们更懂得甲骨、青铜器的售价，但面对价值连城的1.7万余片甲骨，他们不会私藏一片，不会和猖獗的盗贼、土匪做交易。为了更好地研究甲骨，在土匪们虎视眈眈的枪口下，李济、潘悫们费尽九牛二虎之力，将甲骨运往南京，此后连年战乱，他们在颠沛流离中始终保护、陪伴和研究着这批甲骨。

如果说在兵荒马乱、家国败亡的年代，孙殿英的野蛮盗墓、王圆箓的愚蠢出售行为尚属寻常，那么李济、潘悫们舍命保护文物的行为就显得更为可贵。一个世纪过去了，中华民族早已度过了那个四分五裂、任人欺凌的时期，成为一个安定统一的富强国家，小规模的文物盗窃活动虽时有报道，但孙殿英式的盗墓、王圆箓式的出售肯定不会发生了。

先辈李济、潘悫们给我们留下的是什么？仅仅是殷墟出土的一堆甲骨吗？不。除了彪炳千秋的研究成果，还有与日月同辉的精神。他们在炮火连天、国破家亡、经费短缺、食不果腹的环境下，旁若无人，若无其事，专心致志地进行甲骨文的发掘和研究。李济曾劝勉同人："不要问在第一线的忠勇将士抵抗得了敌人吗？我们应当问我们的科学或一般学术是否敌得过敌人。"重温这振聋发聩的声音，人们应当郑重思考：如果祖宗辛苦留下的遗产从我们这一代灭失，我们该如何回答子孙未来的拷问？回望近百年前甲骨文的发现、发掘、研究之旅，我为潘悫在殷墟的欢呼雀跃喝彩，或许可以从那些学术先贤的脚步中获得启示，更好地传承知识分子继往圣、开来学的历史使命，让中华传统文化这棵老树不断绽放出新花，让祖先留给全民族的文物瑰宝得到更好的保护和传承。

“国图”里面叹读书

一个偶然的机会，从网上知道小作《逝去的甜甜根——早年印象》被国家图书馆收藏。去年劳动节小长假，我专门踏进国家图书馆，看到小作扉页上加盖的红色“国家图书馆藏书”圆章，既兴奋又惶恐。

近年来，媒体不断报道称，国人与读书正在渐行渐远。其实不用统计，单凭感觉也知道，当下国人读书少已然是不争的事实。公交上、地铁上很难见到读书人，到处可见都是捧着手机的低头族。有一次我在书店买了几本书，用塑料袋提着顺便到商场买东西，商场服务员看到后很惊讶地打招呼：“啊！你还看书？你是老师吧。”我感到很悲哀，在一些人眼里读书已然成为另类的事了。我把此事发到了微信朋友圈，更悲哀的是有当老师的朋友留言：“老师就一定读书吗？”诚然，本该是读书人的老师也不读书了。针对这种状况，有人大声疾呼要引起重视，指出进入20世纪90年代以来，国民阅读量持续下降，阅读的品质不断走低。更可怕的是，越来越多的人并不因缺乏阅读而羞愧；相反，专注于阅读倒仿佛是一种病态，这种价值观的颠倒非常可怕。

徜徉在国家图书馆，有点朝圣的感觉，对身边匆匆走过的各色读者，心中充满敬意。在用于查询的电脑前，一对老夫妇和儿子正在小声交谈，儿子帮父母查找需要借阅的图书。我初来乍到，不会操作查询功能，正想求助于工作人员，老夫妇的儿子主动过来很快帮我解决了问题。这里的人彬彬有礼，没有大声喧哗者，与酒店的氛围绝不相同，置身其间，我努力把自己装成一个有教养的人。我没想看书，主要是体会这里的氛围。溜达在各楼层、走廊里，看人们聚精会神读书的场面，心里有莫名的兴奋和感慨。后来，边走边参观了甲骨文展、武强年画展。我对甲骨文展颇有兴味，原因是我曾经到河南安阳殷墟参观，对于甲骨文的发现、研究过程有所了解，还写过一篇小文《殷墟断想》。在这个展室里，遇到一对年过七旬的老夫妇，我问他们为什么来看展览，他们说假期里到处是人，这里清静，看看老祖宗留下的宝贝，挺好。我还和两个十七八岁的男孩进行了攀谈，他们说看看这些，长点知识，增加对历史文化的了解。我问他们为什么不出去玩，他们说在“国图”里学习学习也挺有收获。武强年画是河北家乡的“土特产”，竟然登了大雅之堂，一位年轻的妈妈带着10多岁的女儿在年画面前看得津津有味，年轻妈妈指着年画给女儿介绍过年的风俗和年画的含义。

因为小作《逝去的甜甜根——早年印象》出版的原因，认识了一些文友，发现读书人虽然越来越少，但坚守的也不乏其人。有一个文友大学读的是图书馆专业，因为喜爱读书，放弃了待遇更为优厚的工作，挑选了一个冷门——到学校图书馆工作。多年以来，她把别人用于打麻将、唱歌跳舞、喝酒社交、旅游购物的时间用于读书，同时做阅读推广工作，写出多篇论文，出版了自己的读书随笔文集。我曾经问她，在这喧嚣浮躁的环境里，读书没有让你获得什么物质利益，为什么还乐此不疲？她说，也许是兴趣吧，读书的收获，不能以有用没用、能不能获得物质利益来衡量，读书丰富了心灵，孤独痛苦的时候，可以通过读书获取精神的力量；读书赋予自己一双无形的翅膀，让心灵飞得更高，眼光更远。还有一位朋友，50岁出头的年纪，是个职业会计，但酷爱诗歌，他把背诵诗歌当作锻炼记忆的方法，上班路上背唐诗、宋词。无论何时何地，也无论做什么，常常触景生情，口里会念叨出与之相应的诗句来。有人笑他迂，他却始终乐此不疲。我和他开玩笑说，一个会计，会数钱就行啦，咋迷上诗歌啦？我还曾建议他，报名参加诗词大会吧，肯定圈粉无数。还有一位省直部门的干部，忙忙碌碌，工作干得风生水起，工作之余全身心投入读书，每年读书不下100本，还特别喜欢写作，出版了散文系列4本集子，120多万字……浸淫在重重叠叠的书香里，想起这些人和事，真是感慨万端。

下午2点，北京大学的张鸣教授在“国图”作苏轼词讲座，1点30分，讲座大厅已是座无虚席，后来的人把过道都坐满了。我估计了一下，听众不下三四百人，其间有七八十岁的老者，有十几岁的孩子，但中青年占了绝大多数。苏轼的好多词作大家虽然不陌生，但经张鸣教授的讲解，我又有了新的理解。讲座期间，精彩处人们报以掌声。在“国图”徜徉了一天，看到那么多人舍弃游玩时间，在这里静静地读书，我既有点羞愧，也有点欣慰。羞愧的是自己荒废光阴、蹉跎岁月，欣慰的是读书的还是大有人在。

有一种说法，我们有太多的人读书不仅少，还带有一定的功利性：为学历、为职称、为求职，等等。这也是一种读书现状。但在“国图”，我看许多人，不管看展览、听讲座还是埋头阅读，都没有什么功利目的，还有前面提到的那些喜爱读书的朋友，他们都是真正爱好读书的人。由此可见，不管时代如何发展、环境怎么变化，真正爱读书的人，会一直都在。我更希望酷爱读书的人越来越多，让我们处处能看到埋头读书的身影，处处能听到琅琅的读书声。

可怕的“分析”

中小学时上语文课，令我头痛的事有四件：一是给课文划分段落，总结段落大意；二是概括中心思想；三是分析句子成分；四是辨识词性。这些事让我在课堂上吃尽苦头，在考场上丢尽脸面。直到今天，主谓宾状补、名动形数量代在我脑子里还是混沌一片。我不明白，优美的一篇文章，为什么要把它大卸八块，然后机械地去概括其大意。一个充满韵味的句子，为什么要把其拆散，犹如一个漂亮的女子，其美主要是体现在整体的气质，单独分析其鼻子或眉毛有什么意义。

近读张中行的书，他在《课内课外》一文中，对时下语文教学提出了批评。录如下：

今天，就中等学校说，常在耳边响的声音是“学生负担过重，要减轻学生负担”。我们那时候，专就课业说，是常常感到空闲时间过多，无事可做。这分别，是昔日懒散，今日勤勉吗？我看未必是这样。至少不完全是这样。我比较熟悉的是语文，即以语文课为例，说学生负担重，不错，因为他们确实忙。忙什么？忙于“分析”，上课听老师依照教案分析课文，下课解答老师留的习题，其中也总有分析课文中某句的语法结构，或兼辨认词性。这都很烦琐，不容易，不容易就要多费时间和精力，是小事；大事是除了搅昏头脑之外，一点用也没有……其结果是忙忙碌碌，把有用的时间用在用处甚微之地。所以与今日相比，我们那时候，选些文章（包括诗词），上课解释一下词句，其余任君自便的办法有优越性，是其一，浪费时间少，其二，留下不少空闲时间，学生可以自由找书读。

另外，张老还在《语文教育》一文中写道：

我的想法，像课本是那些文章，绝大部分让学生看看就可以了，用不着教师多费唇舌。写教案、分析、讲解、出题、解答，都是浪费；而浪费的时间和精力，是大可以用在有成效的地方的，那就是多读和多写。

张中行，1935年毕业于北京大学中国语言文学系，与季羡林、金克木合称“燕园三老”，20世纪80年代出版多部散文集，奠定了他散文大家的地位，人称“文坛老旋风”，被季羡林先生称为“高人、逸人、至人、超人”。张老当过中学语文教师，编过语文教材，对于语文教学可谓心得颇多。对于张老的观点，我是拍手叫好的，而且还想感慨一句“莫非古人与我暗合”。

据说当下，借助于现代科学技术，中小学的语文老师乞灵于多媒体，名曰创新，课上鼠标一点，把各种画面、音响提供给学生，信息量貌似很大，转换极快。这样一来，课堂好像活跃了，可是学生的阅读与思考被挤压了，文字感受与想象被干扰了，语文课非常看重的语感也被放逐了。其实，我个人认为，现代科技再发达，在手机上阅读和捧一本纸质书阅读，体验绝对不一样，收获也绝对不一样。手机阅读是打发时间，给人的是轻飘和虚幻的感觉，手捧一本书阅读，让人感到庄重和真实。中学课堂教学与普通的讲座不同，讲座用多媒体可以通过直观的方式，吸引听众的兴趣，而中学教学则不然，如同手机阅读一般，花哨而实效差，挤压了学生对知识咀嚼和吸收的过程，况且一个优秀的语文老师，工整漂亮的板书本身就能给学生以熏染。

我常常想起鲁迅先生《从百草园到三味书屋》中的画面：“大家放开喉咙读一阵书，真是人声鼎沸。有念‘仁远乎哉我欲仁斯仁至矣’的，有念‘笑人齿缺曰狗窦大开’的，有念‘上九潜龙勿用’的，有念‘厥土下上上错厥贡苞茅橘柚’的……先生自己也念书。”而且“他总是微笑起来，而且将头仰起，摇着，向后面拗过去，拗过去”。我想，也许鲁迅也是对先生“向后面拗过去，拗过去”产生极大的好奇心才发愤读书而成为大师的吧。

近年来，关于教育模式的讨论不断见诸媒体。一位朋友20世纪90年代初在澳大利亚取得博士学位，全家移民澳大利亚，当时他女儿在国内读小学4年级。30多年过去了，现在他的两个外孙在澳大利亚都上小学了。前两年他回国我们见了一面，谈到澳大利亚的教育，他认为与国内的教育理念、教育方式确实存在着明显的不同，他不肯定澳大利亚的教育优于国内的教育，但认为有一点应当学习和借鉴，即澳大利亚的教育注重发挥个体能动性，从小就培养学生自主学习、自主研究的兴趣和创造力。他外孙6岁上学前班时，一篇课文中讲到太阳系有九大行星（当然现在是八大行星），老师要求每个同学围绕这个知识点，自己确定题目，搜集资料，整理归纳，做成PPT，在全班讲解。他外孙上小学时，有一篇关于太空旅游方面的课文，老师把文中的生词、关键词讲解后，学生们分组讨论课文内容、写作方法等，然后各组在课上交流讨论结果，老师再对讨论情况进行分析点评。课后要求学生写一篇小作文，文中可介绍自己读过哪些关于太空方面的资料或者书籍，设计两周的太空旅游计划，哪一天走到什么地方，想象每天都能看到什么并写成日记。朋友认为澳大利亚的课堂不像国内，老师讲学生听，学生把老师讲的死知识掌握了就能考高分，而他们不是要求学生被动地听，是要求学生主动地学，不是背死的知识，而是培养想象力、表达力、创造力。

近年来，总能听到“为什么出不了大师”的疑问。我给出的答案是，不当的方法把受教育者打造成了“标准件”，折断了他们原本狂野的想象翅膀，形成了在划定的圈子里打转的思维习惯。失去了创新欲望，没有了突破能力，怎会产生大师！

三发朋友圈

我一般不发微信朋友圈，最近我破了例，连发3次朋友圈，没有想到，点赞和评论的朋友都过了百。看着好几屏的评论留言和好几行点赞朋友的头像，心里不由产生了孩子般的自得和满足。

单位组织到河北大学开展综合素质提升培训，重回学生生活，感觉上学真比上班好千倍啊！培训一周，有3件事让我感慨万端。

报到那天下午晚饭后，我和几个同事在校园里溜达，遇上毕业生在路边卖不用的教材。在一个书摊，我看到了王力先生主编的《古代汉语》四卷本和袁行霈先生主编的《中国文学史》四卷本，价格共40元。王力先生主编的《古代汉语》我本来有，朋友借走不还，我也不好意思要。《中国文学史》我原有游国恩先生主编的那套，也被朋友借走了。看到这两套书，决定买下来。没有带钱，卖书的小伙子说可以微信支付。厚厚的8本书，没有袋子装，只好手里拿着。走到前面有一个小超市，我匆匆进去："有塑料袋吗？"

"有，两毛一个。"

"微信支付行不行？"

"不行。"

"支付宝呢？"

“只能收现钱。”

无奈。

这时一个清秀的年轻男子，估计是一名学生，跟卖货的说：“两毛我给他付，你把塑料袋给他吧。”

我很吃惊，超市里人来人去，两毛钱虽微不足道，但根本没有想到会有人主动为我付了。拿到塑料袋，我和小伙子说：“谢谢！你有微信吗？我给你发红包？”他说：“不用。”我觉得这事挺有意思，就发在微信朋友圈里了。

培训的第三天中午，和朋友约好去外面吃特色小吃，中午12点学校大门口见。老天爷一春天没有下雨了，那天中午偏偏掉起了雨点，且越来越紧。我没有备雨具，在路边的树下匆匆赶路，迎面遇上为培训班老师做助理的两个女研究生，她俩合打着一把雨伞。我和她们并不熟悉，只是在她们为学员倒水时点点头，所以没有想和她们打招呼，不料一个女同学冲我说：“老师，您去哪里？”

老师？我是学员，这是她对我的尊称吧，毕竟论年龄我应当比她们长一辈了。我说：“出去吃饭。”

“下雨了，您没伞，用我们的吧。”

“那怎么行，你们怎么办？”

“我们马上到了，跑几步就行，宿舍还有伞。”说着就把伞递到我手里跑了。

常言道，扇子有风，拿在手中，有人来借，等到立冬。雨中弃伞，事虽小，但我挺感动，又发在了微信朋友圈里。

一个乡亲，多年不见面，他从微信朋友圈得知我在保定，请我吃了顿饭。培训的最后一天的中午，我决定利用午休时间到乡亲家看看并告别。我想简单买点礼品，不知道哪里能买到。下了楼，看到一辆白色轿车停在路边，副驾驶一侧的玻璃落了一半。我弯腰低头向车内司机打听哪里有超市，他先是问我想买什么东西，做什么用，给我介绍了几个地方。我道谢后就往前走，没有走几步，听到后面汽车在向我示意，我往路边靠了靠，侧身一看，那辆白色轿车停在了我身边，司机落下副驾驶一侧的玻璃，侧着头和我说："上来吧，我捎你一段，正好送你到超市。"

我又惊又喜，上车一问，知道司机是学校教艺术设计的年轻老师，30多岁，很儒雅的样子。我表示了感谢，他平静地说，这不算什么，正好顺路。我又向他介绍了前两天在校园里有人替我埋单、雨中送伞的事，他说这也算学生们没有白受教育吧。我又禁不住将这件事也发在了微信朋友圈。

3次发微信朋友圈，引起了3次小轰动吧，有点赞的，有发评论的，参与的朋友每次百人之多。除了点赞表示支持的，朋友们的评论让我大开眼界，使我对社会、对人生又有了新的认识。朋友的评论大概有三个意思：一是说小事见精神，小处显素质，小钱大品格，赞！二是这些不值得大惊小怪，觉得都属举手之劳、平平常常的事，稍微有些素质的人都会这么做，这类事普遍得很，许多朋友说乘坐公共汽车时，经常会为没有带零钱的人买票，没有觉得自己是什么高素质。三是高素质的人还是很多的，正面的东西没有去传播，老人倒了不敢扶一类负面的新闻却被夸大了。

一周时间的综合素质提升培训很快结束了，课堂上有多少收获不敢说，上面3件小事却给了我深深的触动：勿以善小而不为。

社会上实践这句话的大有人在。

“豁达君子”的麻花人生

——读《我是落花生的女儿》

石家庄市东马路电视机厂家属宿舍区的东南角有一个小院，门口上横挂着东马路社区服务中心的牌子，进院沿楼梯爬上西边的二层小楼，可以看到一个残破的建筑，半堵灰砖墙，上面有木头三角架房梁，常年风吹日晒，木头已经变成黑色。据知情人介绍，这是原来石家庄桥东劳改队伙房的残存，最早由日本侵略军修建。从社区出来右拐沿东马路走一二百米，穿过平安大街就是平安公园，公园的东北角，在高大的法桐、银杏的掩映下，有一座石家庄集中营蒙难同胞纪念碑。

关于这些遗迹，许燕吉在《我是落花生的女儿》一书中这样记载：

石家庄是联结山东、山西、河北、河南的交通咽喉，战略要地，驻军很多，偏南的这营房就称为南兵营了。日军占领后，这个位于火车站东南不到500米、占地200多亩的南兵营就成了个大监狱，对外称“石家庄劳工教习所”，又称劳工训练所、俘虏收容所，实际上就是屠杀中国人民的集中营。1938年到1945年间，先后关押来的群众和抗日军干达5万余人，死在这围墙里的不下2万人，由这里被拉到日本或东北去当劳工的有3万人，幸存者寥寥。偌大的地面，不论在何处刨下去不到1米，就能翻

出白骨……四合院的西北院，北头是男犯人监舍，南头是织布车间，西头是大伙房，东头是打包车间和修整检验车间……随着石家庄的发展和桥东的建设，南兵营劳改队后来迁到了获鹿县，现在那里已是高楼林立，旧迹无存，只在附近的公园里立了一块碑，纪念这块悲惨之地。

读完许燕吉人生自传《我是落花生的女儿》(湖南人民出版社2013年版)，沉浸在主人公人生命运的跌宕起伏中，心情久久不能平静。一个周末的下午，趁阳光晴好，我按照书中所述地址，寻访了这些遗迹，进一步印证并加深阅读此书的感受。

许燕吉，生于1933年1月13日，星期五，按照洋迷信的说法大不吉利。“外祖父给我起名燕吉。燕者，生于北京也；吉者可冲晦气也。”可惜燕吉的一生一点也不吉。许家在20世纪40年代家世十分显赫，许地山供职香港大学，当时许燕吉还不到上幼儿园的年龄，后来在香港上小学。一家人住在香港大学旁边7室2卫1厨1厅1阳台的洋房里，有一辆奥斯汀4门车，女主人周俟松常常开车带全家游玩、参加各种活动。据说周俟松算得上中国第一位夫人司机。家里雇有两个保姆，厨房有冰箱。蔡元培、胡适、梁漱溟、谢冰心、梁实秋、梅兰芳、齐白石、叶浅予等都是座上宾，梁启超的千金梁思庄是周俟松的闺密。正所谓谈笑有鸿儒，往来无白丁。许地山猝然去世，宋庆龄第一个送来了花圈悼念，作为香港文化教育界的领袖人物，许地山的社会地位可见一斑。

许地山去世后，日本人侵占香港，许燕吉跟随妈妈和哥哥在内地颠沛流离，母亲一人扛起了养家的重任，她和哥哥则到处转学，历尽艰辛。抗战结束后，直到1946年全家三口才落脚南京城，稍微安定了下来。1954年，从农业大学毕业的许燕吉被分配到石家庄奶牛场。21岁的花季少女，尽管出身不俗，但她并不是“豌豆公主”，生产实习中一点都不娇气：淘粪，粪溅进嘴；给母马接生，羊水喷到脸上；给公马采精，被公马踩伤。面对这些，她都没有发怵。进入特殊年代，耿直泼辣又不谙世事的许燕吉，人生逐渐滑向低谷。被判刑入狱后，丈夫起诉离婚。服刑时，养猪、扫圈、倒粪、拉饲料、挑泔水、消毒、与种猪斗智斗勇。刑满后又在监狱就业5年，出了高墙被疏散到河北新乐一个农村落户，遭受种种歧视和白眼，自行车被强行推走，临走时烧过生产队的一点玉米芯都要折算成钱还回去。

后来，她被目不识丁但又挺固执己见的农民“收拾了老婆儿”，给“碎屁娃”当上了后妈，过起了地道农妇的生活。平反后人们劝她和农民丈夫离婚，她不听，反而带着丈夫进了南京，闲暇时一起旅游、参加各种活动，继子结婚后又把大房子让给继子住，他们老两口住小房子。

对于“没脸见人”的首任丈夫，她选择了相逢一笑泯恩仇：

五十流年似水，万千恩怨已灰。
萍聚何需多讳，鸟散音影无回。

对于曾经的恋人，虽然“也和别的男人没什么两样，没如己愿，就恶语相向”，但最终也选择了谅解，恢复了友情。

捧读《我是落花生的女儿》，我经历了最为复杂的阅读体验，无奈、惋惜、压抑、敬佩，五味杂陈。“被时代的浪潮从高山卷入海底”，遭受了各种蒙冤屈辱、艰难困苦、生死考验，许燕吉没有怨，没有恨，更没有自弃。鲁迅说，真的猛士，敢于直面惨淡的人生。其许燕吉之谓也。书中没有撕心裂肺的控诉，没有凄凄惨惨的悲泣，她用极其平和的语气叙述常人难以承受的变故和苦难。她的传奇经历折射了社会的无情和人性的险恶，也让人看到她乐观豁达、泼辣坚韧、平凡高贵的品格。

许燕吉原来把这本书命名为《麻花人生》，以形容其极度扭曲的人生经历。在我看来，虽然很形象，却并不足以展现书中内容的震撼力。经出版商建议，最终书名定为《我是落花生的女儿》，从市场营销的角度看也许是必要的。许燕吉一生的成就固然不能和她父亲相比，但就坚韧、坚强、豁达这些品格来说，她父亲如果有灵，肯定会为她骄傲，为她自豪。许地山不死，因为他有许燕吉，许燕吉不死，因为她有《我是落花生的女儿》。

在许燕吉的葬礼上，83岁的哥哥周苓仲亲笔写下挽联："曾经风高浪急历千苦，依然心平气和对全生"，横批"豁达君子"。知燕吉者，兄长也。

《我是落花生的女儿》的意义远不是仅仅记录了作者令人唏嘘的经历和那特殊的年代，它还是一本催人奋进的励志书、一本生动的人生教科书。她让我们了解过去，鼓舞我们面向未来。当今社会，一些人一点挫折也抗不住，一点苦都吃不了，动不动就寻死觅活的。近来媒体时有报道，有的中学生因为受到家长训斥而跳楼，有的研究生因为导师不同意如期毕业而自杀，有的职场人士因为与同事工作上存在矛盾而投湖。我想，如果这些人在自杀前认真读一读《我是落花生的女儿》，或许就不会那么脆弱，就不会对自己、对父母、对社会那么不负责任。

"不羡靓果枝头，甘为土中一颗小花生，尽力作为'有用的人'，也很充实自信。"许燕吉——值得"落花生"永远骄傲的女儿。

猴的解析

一年正月，村外打谷场上围了好多人，中间一个耍猴的，手里舞动着皮鞭，指挥小猴子做出各种滑稽可笑的动作。小猴子穿着红袄绿裤，是真正的“半兽人”，一会儿骑车，一会儿钻圈，一会儿爬杆，逗得孩子们十分开心。其可爱可笑就在于像人与不像人之间。老妈讲过一个故事，有一家人给小孩洗澡时猴子看到了，趁大人不在家，猴子模仿着烧了开水给小孩洗澡，结果把小孩烫死了。这就不是可笑而是可怕了。

家乡有一句俗话：人能不如猴能。形容一个人精明时常用“猴精”“猴能”等说法，这里的“猴”可解释为“像猴一样”。说天气猴冷、猴热，这“猴”是什么“猴”我就说不清了。还有“猴脏”“猴黑”也并不是说像猴一样脏、一样黑，只有一个人喝高了，脸膛通红，人们说“脸跟猴屁股似的”，才真与猴有点关系。

历史上最著名的猴，非大师兄悟空莫属。这猴头从顽石中崩出，在花果山为王，大闹天宫，自封齐天大圣，后来被压在五行山下，经观音菩萨点化，拜了唐僧为师，西天取经，一路降妖伏怪，终成正果。小时候看《西游记》，对孙悟空很不以为然。一是花果山为王，自由自在，无牵无挂，整天和“孩儿们”嬉戏，何其快乐，为何自寻烦恼去撩拨天宫那帮俗人。二是既然要出人头地，就不能满足于“齐天大圣”，应当是

“超天大圣”才过瘾啊。三是屈尊为肉眼凡胎的唐僧护驾，打了白骨精还被念紧箍咒，受了多少委屈？四是大闹天宫何其威风，多少天兵天将也奈何他不得，可到了取经路上，一个小妖当道，那伸缩自如的金箍棒就威风扫地，得请观音菩萨帮忙才行，其法术为何越发退步了呢？五是何不自己当师傅，一个跟头过去就可以向如来求取真经，唐僧、八戒、沙僧在家摆好斋饭等着就行，还有什么九九八十一难。后来逐渐明白，这猴头虽然有点本事，但是没有远大志向，关键时刻认不清方向，意志不够坚定，在唐僧手下降妖伏怪可以，没有唐僧矢志不移的带领，猴头永远只是猴头。

人与猴有无关系姑且不论，我感兴趣的是猴子与马的关系。马未都先生的博物馆里收藏着一个瓷器，那是个黑乎乎的盛水壶，仿皮革的，上面有模仿的皮扣和缝线的针脚。据说是古时胡人的产品，平时悬挂在腰间，骑马时用的。在一个外行人眼里，这瓷器工艺并不十分精美，特别是壶嘴处还塑有一只小猴，更破坏了整体美。工作人员解释道，胡人是游牧民族，对他们来说马是最重要的，他们养马会在马槽上栓一只猴子，这样马就不会得病了。在这个壶上弄一个猴子，骑马时带上，也是为了祈求一份平安无恙，算是个吉祥物吧。

猴子和马的关系从何而来？明代赵南星写过一本书叫《马经》，里边有一句：“马厩畜母猴辟马瘟疫，逐月有天癸流草上，马食之永无疾病矣。”《马经》一书在《四库全书》只存书目，其实情不详，上面的话是李时珍《本草纲目》里引述的，意思是马吃了母猴的“例假”就不会得病啦。这也许就是猴子和马关系的渊源吧。如果真有此事，当年玉帝老儿把猴哥封为弼马温，也算是量才适用、用其所长了。至于说猴哥是“男猴”，玉帝老儿让他当弼马温是戏弄于他，这就有点牵强了。因为小说本不应当真，而且天宫的事，恐怕是无所谓男女的吧。再说了，《林海雪原》中的司马副官胡彪，就是一个现实版的弼马温，也是男的，在土匪群里貌似还挺有地位的。

取经路上，八戒是猴哥的出气筒，唯有弼马温的经历是猴哥一生中的污点和软肋，屡屡被八戒揭短取笑。这能怪谁？自取其辱而已。

鸡栖于埘

马未都的观复博物馆里收藏着一个瓷瓶。我不懂博物馆里的瓶瓶罐罐，只是对大瓶上画的大公鸡产生了兴趣——大红鸡冠、昂首长鸣，尾部鲜艳的羽毛向上翘着，着实鲜活生动。

据说，鸡入画是自周代始。几千年的绘画史，“鸡”题材长盛不衰，出现过许多名家名作。在中国画里，“鸡”一般被认为有大吉大利、吉祥如意、金鸡报晓、雄鸡报捷、金鸡迎春、鸡鸣富贵、闻鸡起舞等吉祥寓意。徐悲鸿画鸡，题款“风雨如晦，鸡鸣不已”，表达的是在恶劣环境下始终保持高尚的气节与操守。从文人的文章看，最值得说说的是西汉的韩婴，他在《韩诗外传》中谓鸡有“五德”：“头戴冠者，文也；足搏距者，武也；敌在前敢斗者，勇也；见食相呼者，仁也；守夜不失时者，信也。”

不管画家、文人怎么让鸡附庸风雅，在乡下人看来，鸡都不过为满足人之大欲——“食”而来。20世纪六七十年代，物质不丰富，鸡蛋是高级营养品。鸡蛋、小米饭、红糖水是产妇的标准食谱。男人吃鸡蛋，别人会嘲笑：“坐月子啦？”老妈90岁了，对形形色色的营养品都不信服，只相信鸡蛋的力量。她讲过一个故事，说有一年，她身体虚弱，天天躺在床上起不来，家里无钱看病，村里小卖部（当时叫门市部）的“老板”

和爹关系不错，赊给爹3斤鸡蛋。爹和家里人说，这鸡蛋谁都不能吃，只让老妈吃。自此老妈每天两个鸡蛋，3斤鸡蛋吃完，老妈身体也恢复了。难怪老妈相信鸡蛋的神奇力量。

其实，当年鸡蛋不是用来吃的，而是用来卖的。公家收购鸡蛋，6毛多一斤，这成为农民重要的经济来源，故有“鸡屁股经济”一说。据说，邻村小卖部收购鸡蛋比我们村价格高一分钱，家里攒下鸡蛋，十二三岁的姐姐会和闺密们结伴，走2里地到那里去卖。20世纪80年代初，我哥农业大学畜牧系毕业，给家里采购了40只新品种雏鸡，我从石家庄骑自行车，驮着两个大大的鸡笼子把雏鸡送回老家，姐姐就开始在家里养鸡，也算开一时风气之先。姐姐有文化，又有哥哥指导，该给鸡免疫就免疫，该用什么饲料就用什么饲料，该增加照明就增加照明，终于把鸡养大开始产蛋，为家里增加了当时看起来非常可观的收入。

自古以来鸡都是散养，所谓鸡栖于埘，日之夕矣。张演《社日》曰：豚栅鸡栖对掩扉。小时候，鸡在院子里、街里觅食，村边种的庄稼也会被鸡鹐了。生产队里派一个白胡子老头专门看鸡，他看到鸡进了庄稼地，拾起一块土坷垃掷过去，同时拉着长声大吼一声“猴鸡王子”，鸡们就咯咯地“夹着尾巴”跑出庄稼地。

后来现代化养鸡场多了，人们说鸡蛋不香了，超市里的笨鸡蛋很有卖点，为此有人还注册了“笨蛋公司”，但卖的鸡蛋“笨不笨”没有人知道。至于鸡肉，当年没有家里宰鸡改善生活的经历，现在常常吃那种肥白但不香的鸡肉，嚼在嘴里如同木片子一般。更有那么一段时间，禽流感肆虐，鸡的扑杀数量常以万计，人们也是谈鸡色变，躲之唯恐不及。

不管文人、画家们如何美化鸡，在乡亲们的眼里，除了被当作“吃货”，鸡似乎没有什么优点。散养的鸡，随意在院子里、街上排泄，人们走路得时时提防。现代化养鸡，鸡粪能臭几条街……

美化鸡也好，丑化鸡也罢，都是人在作怪，与鸡无关。

第三辑

此情可待

父亲的榆木情

人类对事物的偏见很深，身边的树木、动物，有被“谬赞”的，有无端被冤枉的。牛、马、驴都在为人类“当牛做马”，马被称作骏马，牛被赞为“老黄牛”，驴辛苦一生却连公鸡也比不上，公鸡可称雄鸡，驴没有资格称雄驴，还被骂作蠢驴、犟驴，连骂人时也被捎上“驴肝肺”。我觉得，榆树是“树中之驴”，也被冤枉多年了。榆树是穷人的救命稻草，它全身都是宝：榆钱可以度饥荒，压饸饹离不开榆皮面，榆木木质坚硬，堪做房梁，能造家具。只因它貌不惊人，惯于低调，所以它的好处不被人所称颂。酸腐文人们有礼赞白杨的，有致橡树的，有说杨柳“依依”的，有说梧桐在“招凤凰”的，有说“青松挺且直”的，提起榆树来却是“榆木疙瘩”。

不管别人怎么鄙视榆树，我爹却把它当宝贝，它们在我家享受着超标准待遇。我两三岁的时候，爹在房前屋后栽了20来棵榆树，指望着这些榆树成材，给我们成家立业。按照当年的行情，男子娶媳妇的不成文规矩是：3间房子一处院，门口垒个小猪圈。我们哥儿仨，不管能不能娶上媳妇，爹都得盖九间房、建三处院、垒三个小猪圈，才算完成一个父亲的义务。如果按每间房4根檩条计算，9间房就得36根。爹的算盘是，自己种树，待儿子们长大，树也就可以做檩条了。我十来岁的时候，我家的榆树有的已经有胳膊粗细了，爹每年春天都要在榆树周边挖沟施肥，在树根周围挡小水畦，让我和哥抬水浇树。深秋，他要靠上小梯子，用斧头给榆树修枝。我们玩耍时摇动榆树，常常遭到父亲的斥责，他说那会动了榆树的根，榆树就不好好长了。我常常看到他用手去量树的胸径，嘴里不时念叨："3手粗可以凑合用，长到4手粗就可以做上好的明檩了。"在爹的眼里，那20来棵榆树，如同他的3个儿子一般，是支持他将穷苦日子继续下去的所有希望和寄托，榆树一天天长大，他似乎看到了为儿子们盖好的3间房子，他终于可以腰杆倍儿直地托媒人给儿子们踅摸媳妇了。

我刚记事时，我家有5间房子的房量，但只有3间低矮的土坯房。后来在余下的两间空地上，盖了一个更低的棚子，我们叫它小棚棚，用于存放杂物。我家的3间房子分成2个屋，其中2间一个屋，叫作大屋，剩下的1间一个屋，叫作小屋。3间房子只有一个入户门，2个屋子的隔墙上，留着一个仅可过人的窄窄的豁口（没有门框和门子），这可不是为了弄什么套间，是没有钱弄不起门才这样凑合的。父母和我们5个兄弟姐妹吃饭、睡觉都在大屋，小屋用来放粮食和杂物。

后来，我们兄弟姐妹越来越大，一个屋子怎么够住？再说，哥哥20来岁了，与他同龄的男孩有的已经娶媳妇了，街坊四邻明里不说，暗里都在看爹的笑话，媒人根本不登我家的门。1976年年底，在没有做好准备的情况下，爹仓促决定盖房。按照乡亲们的意见，3间旧房本来就破，住了这些年更不行了，应当拆了，然后盖5间新房子。爹觉得没有那个实力，力排众议，决定不拆旧房子，只在它的东边"接"2间新的，凑成5间。当时，院子里的榆树只有少数达到了所谓3手粗的起码标准，无奈之下，爹决定矬子里拔将军，让那些不够"资格"的也来担当重任，理由是榆木质地坚硬，承重能力强，虽然不够3手粗，但比那些3手粗的杨柳木还结实。尽管如此，还有2根檩条没有着落，爹只能再次降格以求，选拔了2棵胸径达标、树干又比较高的榆树做“通檩”。所谓“通檩”，就是一根比较长的木材，中间不断开，横跨2间房子做檩条。你想想，一棵胸径3手粗的树，即使做一间房子的檩条，细的那一端也已经不够3手粗了，现在让它横跨2间房子，细的那一端该有多细啊。更糟糕的是，爹精心选拔的“通才”（做通檩的“材”），其中一棵树干长度差了半米左右，它在不应当分叉的地方分了叉。没有办法，爹再一次迁就了它，让它分叉的部分也担当了通檩的重任。这棵榆树如果有知，真应当感叹自己“有才可去补苍天，不枉红尘若许年”了。爹不懂力学，但不妨碍他懂得显而易见的道理：通檩虽然细一些，但中间没有截断，承重力会更强，一端尽管分了叉，美观自然谈不上了，但比不分叉更硬实。

房子要盖了，榆树刨倒了，请来的木匠说，榆木易生虫，应把刨倒的榆树放到猪圈里沤上1个月，然后刷上桐油就不会再生虫了。爹觉得有道理就照办了。经过猪圈沤，再刷桐油，那几根檩条都变成黑色的了，上梁之前本来应当把那层黑皮刮掉，让它露出榆木自然的纹理才好看，木匠说檩条本来就细，再刮皮就更细了。就这样，那些榆木檩条就被“发肤”未伤地架到了房梁上。如此一来，我家原来的2间房子的空地上，居然也有房子了，尽管房子的档次很低，但从空间上来说，毕竟有了很大的改善。

不知道是爹的诚心感动了上苍，还是感动了榆树，我们全家在榆木檩条庇荫下，居然度过了许多艰难的日子。高考制度改革后，1978年我和哥哥同时升学，后来，哥哥和我相继在这简陋的榆木檩条搭成的房子里成了家。爹高兴地说，以后你们看不上这乍古（家乡方言，质量差的意思）房子了，院子里的榆树再长大些，我找最好的木匠给你们打几套榆木家具，结实，能用好几辈。

在爹的心目中，榆木永远是最好的。

遗憾的是，爹的愿望没来得及实现就匆匆离我们而去。爹的突然离去，成为我心中永远不敢自视的一角，那是我不敢触及的最敏感痛点。辗转反侧之时，我也会产生祥林嫂之问，既希望人死后有灵魂，那我可以当面向爹忏悔，又怕有灵魂，因为我觉得无法面对爹。

后来，为了爹的遗愿，我把家里的榆木拉到镇上用电锯解成板子，拉回来托村里最好的木匠打了一副床板，把床板拉到石家庄。床板的样式、质量一般，但闻着熟悉的、特殊的榆木香味，睡觉就特别熨帖、踏实。

老妈逸事三则

其一　老妈看电视——都是瞎看哩

闺女考大学离开家后，我想，过去主要是抚养教育下一代，现在当尽尽孝了，绝不能留下子欲养而亲不待的遗憾。

好多老人在农村的广阔天地住惯了，来到城市住进“鸽子笼”，干干净净暖暖和和，但受不了憋，宁愿回去住土屋土炕。我老妈不一样，白天自己在家，很少下楼去，虽憋得慌，但她觉得比住农村的冷屋冷炕享福。这与她的性格有关，老妈生性恬淡、安静，能坐得住，耐得住寂寞。

老妈自年轻就体弱，头痛脑热的小病不断，但老了也没有大毛病，血压、血糖、血脂的指标比好多年轻人都正常，从来没有因住院、卧床拖累过人。八十五六岁的时候，老妈耳不聋眼不花，说话声音响亮，光听声音，你绝对想不到她已是80多岁的老人了。我哥远在澳大利亚，每次给老妈打电话，都高兴地说：“我一听你说话就知道你身体没事。”

和老妈住在一起，老妈不仅不拖累人，还经常帮我们。85岁以前，老妈常常在我下班前打来电话：“晚上吃什么饭？包点饺子吧？”“我先熬上粥，你们回来炒菜。”待我们回到家里，要么老妈已经把饺子包好了，一下锅就吃上了。要么米粥已熬好，菜也择好了，下锅一炒，全家就吃上了。有时候，老妈还给我们蒸枣馒头，把玉米面、白面搅和一下发酵蒸发糕，比外面买的点心好吃多了。

老妈心脏不好，最怕过夏天，每年五六月，她都会感到没有力气，只想在床上躺着。一到这时候，她会不断感慨自己身体不行，比不上这个人，比不上那个人。“看你五香婶，和我年龄差不多，人家腿疼走路不方便，可是会骑自行车，只要一上自行车，人家什么事也没有，一年下来帮她儿子们干多少活呀！我帮不了你们了。”老妈86岁的时候，到楼下和几个老太太聊天，有个老太太动员老妈到小区外散步，顺便逛超市。老妈考虑自己腿疼走不远就没有去，回来和我说：“我可不和她去，我这个岁数了跟不上人家的脚步，拖累了人家可不好。”我问老妈：“那个老太太多大年龄了？”老妈说：“哎！人家还年轻呢，才75！”我听了哈哈大笑。我劝老妈：“你也别总说自己骨头架子软了，你这岁数了，身体有点不舒服还不是正常事啊。我现在还经常闹毛病哩。你自己能做饭，生活能自理，算是帮了我们大忙了。”老妈听了，觉得有道理，但也不甘心：“事是那么一回事。我这身体，哎！比起人家谁谁谁来差远了，骨头架子内里就是软。”

老妈在家没事就看电视。别看她从小没上过学，认不了几个字，但头脑好使，看什么都能看得懂。电视连续剧、时事新闻、体育比赛、文艺晚会、天气预报、动物世界，什么都看，连中央9套的纪录片有时也看两眼。她看电视连续剧，却不和我抢遥控器，到了播放连续剧的时间段，她不动声色地坐在电视机前，只要我看别的，她都依着我。我说：“娘，你要看什么节目？你看吧。”她说：“你想看什么就看什么吧，我老了，都是瞎看哩。”有一次，我躺在沙发上看世界乒乓球锦标赛，老妈在旁边坐着。我觉得老妈肯定不关心这事，一会儿，马琳出场了，老妈说：“我看这小子打得年头不少啦。”我不禁哈哈大笑，原来老妈认识马琳。有一天，老妈跟我说，你赶紧和你哥联系下，澳大利亚着火了。原来电视里报道澳大利亚起了森林大火，她怕我哥受影响。

我哥在澳大利亚，我女儿在北京上学。老妈除了看石家庄的天气预报，还关心着澳大利亚和北京的天气，有时说你哥他们那边冷了，有时说北京又刮大风了。更让我觉得好笑的是，有一次老妈和我说：“也没人管管，动物们都死绝啦？”原来老妈看了动物世界节目，对当前的环境恶化和物种灭绝忧心忡忡呢。

我感到好笑，说：“这个节目你也看呀？”老妈笑笑说：“哎，我都是瞎看哩。”

其二　老妈说端午

端午节前，老妈跟我说：“今年端午节，不要买粽子了，没有什么吃头，电视上说粽子叶还有毒哩。不过你说这粽子叶怎么就有毒了？”我答不上来。老妈说，改天想吃粽子了，回老家咱自己包，粽子叶咱到南河脚苇子地里去撇。”我说：“老妈，你真糊涂了，咱村河里多少年没有水了，苇子哪里还有哇？”老妈恍然大悟：“看看，我真糊涂了。算了，不吃粽子照样活着。”

老妈给我讲她们小时候过端午的情景：“人们吃不饱饭，一个端午节大家盼星星盼月亮地等着。五月初一，小孩们手腕上要绑五色线。哪五色？红、黑、黄、绿、白。小孩们绑着这五色线，高兴得什么似的，把袖子撸起来，小胳膊举得老高，你家串串我家串串，跟过年似的。有的还给女孩绑布娃娃，让她们抱着玩儿。”

我说："我们小时候怎么不记得有这事啊？光知道包粽子。"老妈说："不知道这风俗什么时候渐渐不时兴了。端午节前好几天，人们起早到苇子地里去撇粽子叶，为的是撇嫩叶，因为嫩叶包出来的粽子好吃。苇子一晚上长一个叶，大家都是冲着这个新叶去的。一天撇不够，第二天、第三天接着撇，反正不要老叶。"

老妈接着讲："当时过端午节，人们没有不当事的。五月初四后晌，家家户户包粽子，包好了，放在大锅里煮。粽子放到锅里，用一个大箅子压住，怕压不下去，还得在箅子上放几块石头。然后加火去煮。煮好了不能马上吃，让粽子在大锅里泡一宿，端午节一大早再开锅吃粽子。"

"还有一个重要的事，就是采茶。一大早，人们结伴到河里去打猪牙草，还要采梨叶、柳尖，弄回来一起晾干，这就是老家的茶叶了。夏天，把这些茶叶放在锅里熬水喝，解暑。过年的时候，也熬上一大锅，街里看到谁，就说来我家喝猪牙草水吧，你吃了肉，得化化油。"

老妈说到这儿，突然话锋一转："过去村里有一句话，叫作五月端午的蛤蟆——躲灾哩，你知道是为什么吗？"我说："我没有听见过这句话，躲灾？躲什么灾？"老妈说："我也不知道为什么，光知道有这个说法。说端午节那天，有一个时辰，所有的蛤蟆是不叫的，为什么不叫我不知道，人们说是为了躲灾，不知道是躲什么灾。哎，老百姓的话，也许是瞎说哩。"

等了一会儿，老妈又说："我忽然想到个事，不知道和蛤蟆躲灾有没有关系。人们说，小孩子得了痄腮（腮腺炎），在端午节那天捉一只蛤蟆，用砚台砚墨汁，把墨汁放在蛤蟆嘴里再弄出来，抹在小孩的脸上，痄腮就好了。只有端午节的蛤蟆才行，其他日子的蛤蟆不行。蛤蟆躲灾是躲这个灾？哎！谁知道哩。"

其三　老妈说腊八

都知道腊八要吃腊八粥，但没有人知道腊八还有冻冰山一说。

腊七腊八，出门冻傻。天虽然冷，但不影响人们迎接新春的喜悦。老妈说，她小时候，每年腊月初七晚上，人们都要冻冰山，腊月初八早上吃完腊八粥，纷纷到街里观赏冰山。

"冻冰山很简单，到山坡上砍来酸枣枝，用绳子捆扎在街里的树干上，在酸枣枝的圪针上，穿上辣椒、胡萝卜，挂上菜叶、布条，怎么花哨怎么来。晚上最冷的时候在上面浇水，待水冻实后再浇第二遍、第三遍……直到冰把酸枣枝都覆盖了，形成一个硕大的圆锥形冰坨，冰坨下面悬挂着长长的冰溜子。"

冻冰山不用专门熬夜，姑娘媳妇们晚上结伙到地窨子里纺棉花，冻冰山的事她们捎带就做了。她们纺一会儿棉花，从地窨子里上来往冰山上浇几瓢水，再纺一会儿再上来浇一遍。有了冻冰山的乐趣，纺棉花都不觉得累，熬夜也不会打瞌睡。待把冰山冻好，夜已很深，想象着第二天大人孩子们欢天喜地围着冰山过腊八，她们就忘记了寒冷和辛苦，怀着满足的心情回家睡觉去了。

腊八日，冬阳初上，冰溜子发着银白的光，冰山里边红色的辣椒、胡萝卜，绿色的菜叶，彩色的布条，显得格外鲜艳，大大的冰坨晶莹剔透，五彩缤纷，给穷苦的人们增添了节日的气氛和快乐。说起哈尔滨的冰灯，老妈说，冻冰山是咱老家的冰灯。我觉得这比喻还挺贴切，反映着人们条件艰苦但依然对生活充满美好的向往和不懈的追求。

随着物质文化生活的丰富和改善，腊八冻冰山的风俗早已消失，不过腊八带给人们的喜悦和幸福是不是更多，还真说不清。

车过万重山

国庆节前，我乘坐高铁到北京，之后，闺女一家开着新能源汽车接上我，沿着为2022年冬奥会专门修建的高速公路直奔张家口，在风景如画的崇礼天路兜风。一路下来，几十年交通工具的变迁让我感慨万千。

20世纪六七十年代，出行基本靠走，通信基本靠吼。自行车只有永久、凤凰、飞鸽、红旗几个品牌，还凭票供应。年轻人结婚时的理想是配齐“三转一响”——自行车、缝纫机、手表、半导体收音机。改革开放之初，广播电台新闻和报纸摘要节目播发过一条新闻——《农村老汉骑永久》，报道一个农村老汉，因党的政策好致了富，骑上了永久牌自行车。可见，骑永久牌自行车是多么大的一件事啊。进入80年代，这种情况被打破，自行车的品牌开始丰富起来，我结婚时买了一辆中日合资的自行车——僧帽，蓝色车架，刚开始流行的线闸、燕式车把，有点时髦，也有点另类。90年代女儿上小学了，我终于了却了一桩心愿——买了一辆永久26自行车（当时永久牌自行车早已走下神坛），黑色，与传统样式不同的是改横梁为双斜梁。我在后座上绑了两寸厚的海绵垫，车后轴安了10来厘米的脚踏，接闺女放学回家，闺女就站在脚踏上，搂着我的脖子讲学校里的“good news”。在这小小的永久牌自行车上，我们父女俩度过了许多美好时光。1998年，看着别人骑着小摩托挺神气，我花1000多块买了一辆嘉陵牌轻骑，过上了“屁股后头冒烟”的日子。轻骑的座宽大松软，成了接送闺女上下学的“御用坐骑”，“永久”被扔在车棚里蒙尘锈蚀，可谓“红颜未老恩先断”，任其“斜倚薰笼坐到明”。

2005年，闺女上了高中，我花6万块买了一辆菲亚特派力奥，成了做梦都没想到的私家车车主。“小派”伴随我和闺女在上学路上跑了3年，为闺女考上理想大学立下了汗马功劳。2008年9月，到北京送女儿上大学，那是个秋雨绵绵的夜晚，我开着“小派”在长安街由西向东行驶。走过雄伟的天安门，不知为什么，我突然想起离开我们20多年的父亲，泪水模糊了我的眼睛。四五岁的时候，父亲常常逗我：“长大了干什么啊？”我每次都回答：“开汽车。”那时我连汽车的影子也没见过，父亲只是哈哈一乐。再长大些，听说有人去北京，我和父亲说，我什么时候也能去一次北京啊。父亲说，你们一朵花才开呀，去北京的机会多着呢。我很不以为然，心想天天下地干农活，哪有机会去北京啊！现在，居然开着自家的小汽车行驶在北京街头，别说父亲，就是我，往前推上十年八年，做梦也想不到啊！

2013年，我嫌“小派”太小，鸟枪换炮，买了标致3008城市SUV。开着3008，我西征敦煌莫高窟，游览张掖七彩丹霞，欣赏额济纳胡杨林，南下红旗渠，穿行郭亮公路，东抵黄海之滨，疾驰长岛，石家庄周边的景点更不在话下。女儿大学毕业在北京就业安家，3008成为我们往返北京、游览北京的交通工具。

回想40年来，自己骑车、开车的经历，真是无限滋味在心头！今生不敢奢望驾驶宇宙飞船去太空旅行，但乘坐无人驾驶汽车周游一番，我看倒是大有可能。

地之骄子

前几年，见到曾经当过石家庄市领导的某乡党，说到考学的经历：“那时候，不管什么学校，什么专业，只要能考上转成商品粮，好歹娶个媳妇打不了光棍就行啦。”对此我深有同感。1977年、1978年，实行中专大专两张卷考试，报考中专就不能报考大专，报考大专就不能报考中专。我觉得中专大专，不管什么“专”，考上是关键。我心想中专可能好考些就报考了中专。那时全国大中专包括技工学校招生总共20多万人，升学率很低，考大学不容易，大学生被称为天之骄子。我考上了中专，算地之骄子吧。

微信里曾疯传一篇文章，说30年前的中专毕业生堪可与当今的985高校毕业生媲美。写这篇文章的人，一定是当年考上中专，心有不甘，又改变不了现实，写此文聊以自慰的。按照他的逻辑，我可以弱弱地问一下，40年前的中专毕业生，是否可以把今天的985高校毕业生看成学渣啦?

人无大志，必有后患。当年的短视，成了我一辈子的短板和隐痛。我哥可能比我志向高远一些吧。1977年他耍茶大胆，中专大专都报考了，大专落选，中专上了分数线，只因他跨类报考，属于违规，被人举报，没被录取。1978年开春，我和哥都要备考，我劝他考中专，理由是前一年中专上了分数线，今年还不是现成的？他一开始同意了，上了一周班回来却变卦了，说一个朋友成绩不如他，还坚持考大专，他不能自轻自贱，坚决否决了我的提议。幸运的是，他考上了今天的中国农业大学。

我和哥考学后，睡一个被窝长大的哥俩，走上了不同的人生道路。一年暑假，哥带我到他们学校玩了几天，看到大学生们夹着厚厚的书本走在校园里，我眼气得很。哥班上一个同学，内蒙古的，年龄和我一样大，长得瘦高瘦高的，据说学习成绩很优异。我羡慕的同时觉得不服气，他能行，我咋就不行。自那时起，我心里就种下了再次参加高考的种子。

想法到行动的距离，大约有十万九千里。从师范学校毕业后，我一直在中学教书，日子在无聊、无趣、无望和无奈中流淌。同学们有的在找关系转行，有的在找门当户对的对象。我没有转行的想法，也没有能帮我转行的关系，年龄小，找对象的事也不放在心上。迷惘，就在迷惘中瞎混。当着公办教师，每月挣着34.5元的工资，不挨风吹，不受日晒，难道不是几年前自己的理想吗？难道不是村里小伙伴们羡慕的生活吗？当时政策规定，中专毕业后工作3年可以参加高考，但只能报考本专业。再次高考，谈何容易，高中的科目没有学过，英语26个字母的读音都不会。况且，农家子弟参加高考，目的只为跳出农门，自己吃着商品粮，端着铁饭碗，如果再上学工资也没了，高考的意义何在？再次高考，只是想想，没有当真。

1981年春天，中央人民广播电台开办一档广播英语节目，由北京外国语大学陈琳教授主编教材并主讲。我花20多块钱买了一个收音机、一套教材，从ABC开始，通过遥远的电波学习英语。后来，又买了一套许国璋英语，许国璋英语第一册开头讲音标，画着发音口型图，我对照这些图听着广播学音标，学发音。这一阶段的英语学习，没有目标、没有压力，学多学少无所谓，课下练习题也不做，学到后来就有点跟不上了。尽管如此，还是为再次参加高考提供了可能性。高考制度刚恢复的时候，英语成绩不计入总分，是参考分。从1979年起，英语成绩开始计入总分，但只占10%，后来逐年提高比例，到1983年按100分计入总分。如果没有一年多的英语学习，就会宣告高考的绝对不可能。

参加高考，说来容易做来难。我一位高中老师在县教育局工作，听说我想参加高考，给我泼了一头冷水："别瞎胡闹了，学生们跟着老师在学校复习好几年还考不上呢，你一个社会青年，没基础、没老师、顾着工作，咋就考上了？"

老师说得对，自己的知识基础很差，教初中数学，但高中数学不会。语文汉语拼音也常常搞错，名动形数量代等词性分不清，主谓宾句子成分不会分，初中、高中的古文大多没学过，作文没有训练过。政治、历史、地理都是短板。当时没想那么多，因为想清楚了，就不敢参加高考了。

最难的还是英语。其他科目不会，可以抱书本下功夫，一遍不行两遍。英语不会，只能抱着书本发呆。参加高考，广播电视英语不能再学了，考试用不上。一天夜里，我打开收音机，随便调台，突然听到一个讲中学英语的节目，正在讲初中三年级英语，我如获至宝。经过几天的摸索，搞清楚这是河南人民广播电台，每天广播两次，第一次播从早晨5点30分开始，6点结束，第二次播从晚上10点30分开始，11点结束。我找来中学英语课本，每天坚持听广播。那时收音机只有中波，我所在的地方是山区，信号弱杂音重，断断续续，有时干脆什么也听不到。就这样，我一直坚持听这个广播节目，到1983年2月，我学到了高中一年级第一册第十课。我一直觉得，那时的英语学习，如同走在浓雾中，到处都模糊不清，没有清清楚楚弄懂过任何一个问题。令人想不到的是，高考时英语居然考了70多分，都要达到英语专业的最低建档线了。直到今天，我还是怀疑判卷老师判错了，或者登统分数时给多加了分数。这个分数，对于一个没有基础、没有老师的考生来说，实属幸运。

语文别的顾不上了，攻一下古文吧。1982年暑假，对象帮我补习，把初高中的课本找来，坐在我家的院子里，放一个小板凳，凭着她上学时的听课记忆，给我串讲。一个刚刚中学毕业的学生，能掌握多少古文知识？来帮我备考语文，说出来就是一个笑话，可我却觉得受益匪浅，你们可以想见我语文水平有多么低。后来，她又介绍我到她中学老师那里请教。那位老师很热情，听说我想参加高考，语文基础那么差，直摇头，老师信中告诉我对象，说如果没有老师教，就得通过《康熙字典》来学习。我一听乐了，如果我再去研究《康熙字典》，那是真完了。

那年高考，有一项新政策让我十分挠头，那就是预选。前几年高考，只要符合条件，报名就允许参加，1983年增加一个环节，对拟参加高考的考生进行预选，只有通过预选才可以参加高考。这还不算，要命的是预选由各个学校自己出题、判卷、确定通过预选的考生。我是社会青年报考，预选要随学生一起考试，学校老师不认识我，我担心在预选中吃哑巴亏。

预选的第一天，我到了口头中学，进了校门，看到一个矮个子在墙边站着，光头，傻不愣登的，穿着一件粗布黑夹袄，可能好久不洗了，夹袄靠近脖子的一圈都被脑油油得黄乎乎的。这种夹袄是六七十年代以前，村里老头们春秋两季的衣服，当时已经很少见到，况且5月中旬，年轻人都穿半袖背心了。我第一感觉是“傻子”混进了学校。一进考场，那个“傻子”赫然坐在我旁边，我吃了一惊：我和“傻子”一个考场。后来，我知道这个“傻子”是G，他本是口头镇高中毕业生，第一年高考失利。因为家里穷，无力支持他继续在学校复习读书，所以只好辍学在家自学备考。他母亲常年有病，弟弟精神有问题，他在家一边挖云母挣钱一边准备高考。G穿得破，学习却厉害，当年考入某大学，政治高考成绩分数相当高。4年本科学习结束后，G又考入了某重点大学读硕士研究生，毕业后教了两年书，又去攻读博士学位。博士毕业后他继续进入另一高校任教。

预选考试的第二天下午考试科目是政治。因为头天下午开考时间是2点30分，我没有认真看准考证，想当然这天也是2点30分开考，中午我在旁边的小河沟树下随便翻翻复习资料。直到2点30分前几分钟才进入学校，本来应当是熙熙攘攘的学校却鸦雀无声，我大吃一惊，考场的监考老师从门口探头张望，看我过来了，给我招招手，说："马上就禁止入场了。"原来，那天下午考完政治理科生还要考生物，考试时间提前了半小时。如果再晚1分钟，我就会因迟到半小时被禁止入考场了。进入考场，我看其他考生都在埋头答卷，十分焦急，匆匆忙忙答卷子，幸运的是，考试时间到，会做的题也都做完了。

预选考试结束，我心里忐忑不安，担心学校是否会公正对待我这个"外人"。两天后，我从家返校，顺便到口头中学问预选结果是不是出来了。我怀着复杂的心情打听到了教务处，一个老师看了看成绩表，十分肯定地告诉我通过预选了。我十分高兴，没有庆幸自己考得好，心中觉得是学校的恩赐，没有"黑"掉我这个"外人"。

高考成绩公布那天，我骑自行车到县教育局看成绩，本来觉得没有希望，而出乎意料的是，成绩还过得去。在教育局的院子里遇上给我泼冷水的那位老师，他高兴地说："没想到啊没想到，你还真行啊！"这次高考，没有实现自己的最高理想，但对于一个社会青年来说，也实属不易。同学同事们都夸我是个“有志青年”。

学历不能决定一生，但可以带来遗憾。蒲松龄凭借《聊斋志异》名垂青史，尚且因科场失利慨叹“落拓名场五十秋，一事无成雪盈头”。我辈枉送日月，碌碌无为，更应当感到羞愧啊！

远书珍重何由答

1980年5月17日，一辆大卡车拉着我们十几个师范毕业生进了山，在口头镇卸下了六七个人，剩下我们6个人，坐在空空荡荡的卡车斗子里，继续往深山里走。这是我第一次见到山，眼睛好奇地看着扑面而来的山包。大约10多里后，车停下来，我们下了车，把自行车、行李卷、尼龙网兜扔在路边的山坡上。一会儿，从旁边山坡下冒出几个人来，帮我们搬着行李、提着网兜往前走。下了很陡很长的坡，山崖下面露出一个院子，那是乡中心学校——九口子中学，这里的最高学府。我们都希望能留在这所学校，但这儿却不是我们此行的终点。晚上，我们分别挤在几个老师的炕上睡了一宿，第二天就被发配到4个偏僻山村的小学了。

本以为回到中心学校教书，此生已无可能，不曾想到的是，五六个月后，秋假开学第一周周末，全乡的中小学老师开例会，中心校长突然宣布，把我调到中心学校，马上报到。

幸福来得太突然，趁着初秋清凉的月色，我骑车20多公里回到家中，推开屋门，向着爹娘劈头就说："俺调了。"半世浮生，工作变动、职务调整，有许多的酸辛悲喜，但这次调动是我感到最惊喜的一次。

中心学校背靠鳌鱼山，那是我县母亲河郜河的发源地之一。郜河从鳌鱼山的夹缝里淌出，在学校的右前方，清浅的河水，宛如山村里羞涩的姑娘，在河滩静静流淌。雨水丰沛的年份，下游水库的水会涨到学校围墙旁边，雨水干枯的时候，水库的水面距学校一二公里。河两岸是一丛丛并不茂盛的芦苇，杨柳树也不高大，没有人注意它们。学校后面的山坡上长着红枣树，中秋时节，枣红圈裂纹，清晨可到枣林里摘看相最好的枣，叫作吃露水枣，清凉甜脆，会让人想起“梅子流酸溅齿牙”这样的诗句。学校没有大门，只有一个豁口，我说这是“狗窦大开”。学校远离村庄，环境清幽，湖光山色，可称世外桃源，但我只觉得偏僻荒凉。正所谓不当花是花，人亦不是看花赏花人。

二

这是学校，也是一个生产单位。吃菜得自己种。从“狗窦”进来，校园左侧是一片菜地，右侧是猪圈和公共厕所。往后是三排简陋的灰砖瓦房，前面那排是老师办公室兼宿舍，后面两排是教室。在这儿当老师，光会教书远远不够，得会当生产队队长，还得会开柴油机、会给柴油机水泵挂襻。菜地占了院子一大半，菜地的西北角有一个大口井，供着全校师生生活用水，上面架着辘轳，喝水、洗衣服摇辘轳打水，给菜浇水，得用柴油机和离心水泵抽水。菜疯长阶段，三天两头浇水，体育老师负责伙食，他一招呼，男老师们齐上阵，抬起柴油机、水泵，一、二、三走起。夏天，做饭的师傅直接到菜地择菜做饭。冬天储藏大白菜，天气上冻前，在地里挖沟，把白菜码进去，上面埋一定厚度的土，土不能太厚也不能太薄，厚了白菜伤热会烂掉，薄了会受冻。整整一个冬天，吃一棵挖一棵，顿顿大锅熬白菜。

吃馒头得自己“种”，粮站供应的是发苦梢、拉嗓子的棒子面。按当时也规定，粮站供应70%粗粮、30%细粮。粮站为巴结乡镇政府、信用社等有权单位，把老师们的细粮指标匀给他们了，老师惹不起粮站，只能吃粗粮。为吃细粮，老师们在“狗窦”外山坡上开了几亩荒地，每年种小麦。有一次，种小麦要用拖拉机耕地，我曾经在县农机局参加过农机培训班，自告奋勇，开着拖拉机嘟嘟嘟一趟，嘟嘟嘟一趟，既为种麦出了力，又过了开拖拉机的瘾。麦子收了，我们拿起镰刀，割。割完了，脱粒。脱完粒，晾晒。麦子里有砂粒，沙。弄一口大锅，把麦子倒进去用水一遍遍淘洗，叫作沙麦子，淘洗后晾干存入大瓮。

吃肉得自己“养”。院子东南角有公厕和猪圈，即所谓连茅圈。养在圈里的猪，吃老师们剩下的残渣剩饭，还吃师生的粪便。猪养肥了，老师们七手八脚把猪拖出来，宰杀前猪吱吱号叫，大家一阵忙乱，一会儿就吃上猪肉啦。有一年初夏，房子漏雨了，老师们上房揭瓦，重铺油毡，过程中抄了许多蝎子的老窝，有大而黑的，有小而黄的，还逮住几条盘踞在瓦缝里的蛇。大家忙活了三四天，终于把房子修好了，校长说杀猪犒劳大家。那一次，食堂的师傅要显显身手，做了糖蒸肥肉，每人一个蒸碗，碗里一整块半斤的肥肉，又甜又腻，好多人消受不了，像我这样的肥肉大王，也是捏着鼻子硬吃下去的。平生只有这一次，觉得猪肉太难吃了。

洗澡，没这“毛病”。有人说北方人一辈子不洗澡，可能有点夸张，其实也只是“有点”夸张，学校没有浴池，人们想不到还有洗澡的事，男老师夏天院子里脱了光膀子，凉水一冲，就算一回。理发是你给我理我给你理，光膀子一脱，又凉快又方便。我理发时羞于在大庭广众之下光膀子，校长笑我：“咋不脱了？大闺女似的。”

回想当年，听着小河哗啦哗啦的淌水声，望着蓝天上的朵朵白云，在菜园里莳弄辣椒黄瓜，锻炼身体，吃绿色蔬菜，真是神仙过的日子。

可当时并不那么想，觉得好不容易从泥坑里爬出来了，又到这里当起了农民。本以为到了中心学校，可以两耳不闻窗外事，专心读书教书了，没想到天天也是忙吃喝拉撒的“俗务”。每当开全体老师会议，坐在这些“俗人”中间，总觉得格格不入，望着窗外的蓝天，我只想着自己变成一只小鸟，从那扇窗户飞出去。

唉！我真是文明过度！

二

和我住一个屋的老师，30岁左右的年纪，是个民办老师，人称“老扁皮”，教化学。“老扁皮”当过兵，小伙长得很标准，性格豪爽。我怕蛇怕蝎子，他却是抓蛇抓蝎子的高手。一年夏天，我们躺在炕上午休，天热，他脱得赤条条的。突然，他激灵一下从床上跳了起来，原来一条蛇从房顶掉下来，不偏不倚砸到他肚子上，他感到一阵冰凉，顺手就抓住了那条蛇。他提着那条蛇在门口耍了半天，扔到前面菜地继续回屋里睡觉。晚上，他常常会突然拉开灯，在墙上贴的报纸缝里逮住蝎子。他说只要听着有东西在报纸上爬的声音，没错，准是蝎子。他家距学校不远，常带我到他家打牙祭，他媳妇的手擀面配上腊肉萝卜条卤，有时佐以春韭，真乃天下第一美味。一年正月，他请男老师们到他家吃饭，屋子里摆着两个大缸，满满的都是土法酿制的枣木杠子酒，喝酒用吃饭的大碗直接在酒缸里舀，这场景如同上了梁山聚义厅，比聚义厅更绝的是，大碗酒里还要兑上枣花蜜。这种喝法一生中我就经历过这一次。“老扁皮”的烦恼事，就是迟迟甩不掉“农业粮”的身份，转成正式老师。为了备考，他刻苦研习数学、物理等科目，别看他平时大大咧咧，拿起书本就钻牛角尖，常为一道题和另一个老师争得面红耳赤。官司打到我这里，我一看“老扁皮”又想偏了，为了不伤他的自尊心，委婉否定了他的意见，他还想找回点面子：“你说是不是能证明这两条线是平行线，就可以证明这两个角是同位角相等啦。”我很无奈，因为那两条线根本不可能是平行线。

前几年突然接到他的电话，说儿子在外县当老师，想调回老家，请我帮忙。我倒真想帮他一下，可惜没那能耐，觉得有点对不住他。

三

我们隔壁住的是坡小，不知道为什么他表现出来很明显的和大家不一样的特征：小个子、大屁股、厚嘴唇，整个面部一团漆黑，只有白眼仁、牙齿“光彩夺目”。他教语文，也是个民办老师，他媳妇常常来学校喊他回去干农活。坡小有个怪癖：如果有人说食堂的饭咸了，坡小也不言语，默默到厨房抓一把大盐疙瘩放到碗里，出来继续吃。如果还有人说咸，他会再到厨房里抓一把盐疙瘩放碗里。有人问他，你不嫌咸啊，他哼哼哈哈，不说咸也不说淡，只顾埋头吃饭。别看坡小看似非洲人，但性格是典型的中国山区人的性格，实在、憨厚、善良，乐于助人，脏活累活都是他干的。学校的猪圈，过一段时间要出一回粪，因为公厕连着猪圈，奇臭无比，别人出几粪叉得上来喘口气，坡小却可以一直奋战在猪圈里。人们问他，他说他有秘诀：用嘴吸气，用鼻子出气，这样就不臭了。

20年后，我故地重游，到学校一看，已物是人非。那天是星期日，学校人不多，我向一个年轻的女老师打听坡小，她说：“你是谁，怎么认识我爸？”原来坡小的闺女在这所学校教书，我想起她小时梳着顶天橛、搂着坡小脖子打滴溜的样子。没有见到坡小，见到坡小的闺女，也挺亲切。

四

校长40岁不到，人称老H。直到今天，我都觉得这人是当官的料，心胸宽广，不急不躁，思虑周密，不怒自威。有两个老师私下里喜欢捉弄人，但不敢打老H的算盘。老H对他们的把戏似乎洞若观火，只是冷眼旁观，如果过分，就会出面干预。老H兼着初三英语课，我不大懂英语，他教得如何，据我观察，也只能是呵呵了。老H对我挺包容，我年轻不懂事，他从不计较。我弟弟跟我上了两年学，在学校吃住，他给安排宿舍，跟着老师们在食堂吃饭，我一直觉得非常愧疚，老H从来不说这些。

最让我感念的是，我高考那年，考点在老H他们村。我所在的学校离那里十几里地，老H主动说你住我家吧，让你嫂子给你做饭吃。考试那两天，老H怕我拘谨，每天骑自行车回来陪我吃饭。我年轻不懂事，傻吃傻喝，连个谢字也没有说出口，若干年后再见到老H，提到这事，他说："是吗？我都忘了。"

五

学校安排我教初中一年级数学并担任班主任。对于初出茅庐的我，算委以重任了，从初中一年级到中考，整整3年，是不是对得起这份信任，多年以来我常常感到愧疚。毕业前，大家照了合影像，我到口头镇送同学们参加中考，晚上吃了同学们带来的干粮。同学们参加完中考，我向校长请了假，利用一个来月的时间突击复习，准备参加高考。我希望高考成功，更希望学生们考出好成绩。遗憾的是，学生们的中考成绩并不尽如人意。我脸上也无光。

毕业后重新参加工作，与大多学生失去了联系。有一年，G同学因为高考的事，突然来找我，给我带来了两袋晒干的小虾，说是特意在学校旁边小河里捞的。他是我班学习较好的同学之一，可惜高考一直没有成功。近年来这名同学走火入魔，在微信朋友圈中看到大冬天他穿拖鞋、半袖、T恤、大裤衩子骑着摩托车，声称天文地理对他来说都不在话下，地震、火灾都是他在背后操纵。回想当年这个聪慧机灵的少年，我心里怪不是滋味的。

L同学，上学期间成绩不出色。她自费上了对外经贸大学，毕业后在北京就业。有一年到石家庄来，花两万块买了城镇户口，托我帮忙把户口落在石家庄。她怕我想不起她是谁，特意带来了毕业合影，把照片上的自己指给我看。我说照片上的她，带着点蒙娜丽莎的微笑，她听后很开心。她说正在学开车，学会了买个车，我到北京她可以开车带我游玩。我为学生中终于有个有出息的人而高兴，谁想到，她30岁不到，突发脑溢血去世了。那时她尚未成家。她哥哥后来到石家庄来给她注销户口，我帮他办了手续，为表谢意，说秋天了一定到村里找他，他带我到山上吃露水枣。

R同学，不是我的“亲”学生。她本来高中已毕业，高考失利后，为考小中专，初中三年级的时候，在班上复习了几个月，后来考上了小师范。收到录取通知书，请几个老师到她家吃饭，她妈妈是一个说话特别利索的老太太，饭桌上和校长说得热热闹闹。R同学毕业后回到母校当老师，有人撺掇她和同事搞对象，她妈嫌同事驼背，给搅黄了。她后来嫁给一个军人，调到县城一个学校当老师。她丈夫复员后在一个公司工作，日子美满幸福，儿子长大后也当了兵，曾在西藏服役。儿子结婚后给她生了孙子，她天天在微信朋友圈里晒孙子照片，幸福得不得了。谁知她丈夫在公司值夜班时，遇上小偷偷东西，搏斗中被小偷打伤不治而亡。

有一次，在市某中学当体育老师的学生给我发信息："老师，我们相识40年了，您若参加，我就组织同学们搞一次聚会，您意下如何？"

我犹豫未有所决。

愧为人师

20世纪80年代初，我从师范学校毕业后，被分配到一所离家很远的乡镇中学教初中数学。初为人师，我自然不愿误人子弟。遵照读师范时老师关于想倒给学生一滴水，自己应有一碗水的教诲，在最初的两年里，从备课到讲课，从辅导到批改作业，忙忙活活，着实辛苦了一阵儿。经过一段时间的努力，自己的教学水平提高了，可那股初为人师的新鲜劲儿和积极进取的精神却渐渐下去了，自以为对教科书已融会贯通，课外的有关资料也懒得去研究，备课也是能凑合就凑合。一般地，学生们来问问题，总能凭着一点点小聪明应付过去，可是，拿合格老师的标准来衡量，这种一般的应付就有点勉强了。对此，自己虽偶有反省，却也放任它继续下去了。记得那时，学生的各种复习资料、课外复习题铺天盖地，别说学生，就是老师也做不完。有的题还真有点小难度，正是因为我曾经碰上过一道有点小难度的题，我留下了至今难以忘怀的尴尬、羞愧的记忆。

一次自习课，我照例去教室看看学生有没有什么问题。开始，和往常一样，有几个学生问了几道平面几何题，我虽课前没做过，但略一思考，也轻松地帮助学生解答了。正当我暗自得意的时候，一个学生请我帮解一道代数题，我坐下来，他站在旁边，经过紧张的思考，我发现我并不能马上解答出来，当时，我想如果我在这儿坐了许久还做不出来，那多没面子。我站起来，严肃地说：“这么简单的题你都解不出来？你应多动动脑筋，凡事都由老师解答，你就会养成懒惰习惯的。你再试试，如果还解不出来，我再来告诉你。”学生只好红着脸坐下继续寻求解答的方法。我表面虽很从容，但内心也紧张得很。我在教室里踱着步，调动大脑的每一个细胞，思考着刚才那一个问题。一会儿，我终于弄清楚应当用什么方法来解答了。不过，我没有马上告诉学生。我又在教室转了两圈，回到那个学生的身边问道：“想出来了吗？”“没有。”我温和地给他讲解了做法。看着他眼睛里先是恍然大悟后是崇拜的目光，我几乎有点喜形于色了。我继续在教室里踱着步，偶尔也回答学生的提问。又有一个学生请我讲一道几何题，那是课外练习册上的一道题，我试着加了几条辅助线，但都不行，我没意识到问题的严重性，就按照刚才对付那个学生的办法如法炮制。可是，当我在教室里踱步的时候，脑门上渐渐沁出细细的汗珠。我觉得不能够再像刚才那样很快找到解决问题的方法了。时间已过去10多分钟，如果学生做不出来再问我，怎么办？三十六计走为上，我悄悄地、若无其事地走出了教室。

当然，回到办公室，经过反复考虑，我还是解决了问题。但是，由于时间太长了，我担心学生已经识破了我的把戏。所以，我没有再去告诉学生答案，学生也没有再来深究。后来，也许是出于邻人有亡斧者的心理吧，每当见到那个学生，总觉得他的目光有些异样，这异样的目光使我生出深深的尴尬、不安和羞愧。

事情过去已经很多年了，我也已经不再当老师了，但我还是常常想起这件让我尴尬、羞愧的事情，想起那个学生异样的目光。这目光不仅使我羞愧，也在时时激励我、督促我。

不老的唐槐

一

收到录取通知书的那天，娘笑着说："早知你会成功，老天爷告诉我的。"原来考前的某个晚上，天上有好大的月亮，一家人全睡得死死的，娘醒来睁眼一看，我头上腾腾地冒着热气，热气急速地窜向房顶。娘心里想，天不热，咋出这么多汗！顺手往我头上一摸，热气登时就停了。娘不会"望其气"，不能辨别是否有"龙虎"，她觉得奇怪，莫非儿子有戏？这事她没有和任何人说，按她的理论，和外人说了就不灵了，直到收到录取通知书她才说出这个秘密。我说："都怪你，把气脉给摸断了，怪不得我才考这么点分数。"尽管如此，我姑姑还是很高兴，逢人就吹："我侄子吃上双品粮啦。"在父老乡亲心中，农业粮和商品粮是划分高低贵贱的唯一标准，姑姑不懂商品粮是个什么玩意，称商品粮为"双品粮"。估计她认为自己吃的是"单品粮"吧。

师范毕业时，县里教育局定了规矩，我们这一届毕业生有两个面向：面向山区、面向小学。毕业前不久，借着劳动节假期，老师组织我们春游。这次活动，在我的人生路上占了好几个"第一"：第一次旅游、第一次坐汽车、第一次见火车、第一次看到高楼大厦、第一次到动物园看到传说中的老虎。

刚刚经历了人生那么多的第一次，我又迎来了人生的另一个第一次——见到大山。我被分配到与阜平县交界的两岭口村，这里山岭起伏，沟谷纵横，村子在我县高峰之一的鳌鱼山山脚下。平原上长大的我，看到山沟里到处横躺竖卧着比房子都大的石头，感到好新奇。有人说离家远，我却说越远越好。挣脱父母，远走高飞，可能是每个毛头小子普遍的心理吧。爹也许是安慰我，更多可能是安慰他自己，说："去吧，两岭口是山沟里的小北京。"

在两岭口，山民的房子错落分布在鳌鱼山南麓的山窝窝里，鳌鱼山曾用名双岭山，有人考证两岭口因此得名。村西南的沙土公路，蜿蜒曲折坑坑洼洼，是通往阜平、大同的交通要道，沿着这条路往里走，很快就会到达著名的小官岭。说这里是山沟里的小北京，虽然夸张，也有其合理处，有着七八百人的村子算是很大的村子了。

骑着燕山牌自行车进山，后椅架上煞着铺盖卷，车把上挂着尼龙网兜，网兜里是脸盆和洗漱用具。第一次在山区骑自行车，不是上坡就是下坡，上坡骑不动，推着走，下坡车速太快不敢骑，也推着走。路上没人害怕，忽然碰见个人更害怕。

到了村口，没看到村子，经人指点，拐下一条百十米长的陡坡，下到坡底就到村中央了。张目一望，映入眼帘的是路北侧那棵高大的国槐，得三四个人才能合抱，树干的心已经朽烂，形成一个巨大的空洞，里边包着一个小型的碾盘，碾盘上面以及四周的缝隙塞满了发白的干茅草。雨季来临，到处湿漉漉的，存放在这个巨大的空心树干中的干茅草，是人们做饭点火的引火柴。5月的槐树，枝繁叶茂，淡黄的花蕊散发出清雅的香气。站在它宽广浓浓的树荫下，一股清凉沁人肌骨。

二

村小学隐藏得很深，在老槐树下左拐，几十米后再右拐，一个不大的院子，低矮的土墙，从土墙的豁口进去就是学校的院子。一溜5间房子，坐南朝北，房子结构是串糖葫芦式的，中间是老师的办公室兼过道，左右两侧有两个教室。教室的墙面抹着黄泥，窗户很小，糊的毛头纸已经发黄，屋里黑咕隆咚。墙上挂着一个老式挂钟，中午时分却指向4点钟。老师告诉我，挂钟每天快1个多小时，上课、下课跟着感觉走即可。

学校有四五十名学生，分一年级至四年级，没有五、六年级，五、六年级的学生得到乡中心学校去读书。4个年级分成两个班，一、三年级一个班，二、四年级一个班。我哑然失笑，我小学时上的复式班，现在当了老师，来教复式班，也算是过来人吧。

在我们到来前，这里有3位老师，其中2个民办老师、1个代课老师。我们一来，代课老师就要被辞退了。3位老师都是女将，香爱、完菊是民办老师，她俩年龄相仿，30岁左右，个头也差不多。香爱圆丢丢的脸、齐耳短发、大大的眼睛、黑黑的眼仁、双双的眼皮、白白的牙齿。人说高山出俊鸟，如果不是身材稍有发福，香爱可称得上山中俊鸟。完菊稍稍逊色，单眼皮，中号眼睛，看起来也不如香爱的眼睛亮，但完菊给人的感觉更朴实真诚。我傻不愣登的，竟然觉得她们已经是老太婆了。代课老师是一个比我们大几岁的女孩，要离开岗位了，但她并没有失落，跑前跑后帮我们安顿行李。她提着一个黑不溜秋、锈迹斑斑的3条腿小铁锅，笑嘻嘻地放在我们的宿舍里。

在学校南侧，有一个临街的大院子，正房5间，是村里的小诊所。西面2间低矮的厢房，没有厦架，窗户很小，有一个简易的小门，房间里靠北墙有半截土炕，与土炕相连的是一个炉台。南墙摆着一个二屉桌。这便是我和Y的卧室兼办公室。

我和Y都是小个子，又窄又短的土炕可能是为我们量身打造的。在这个低矮的房子里，我们居然体会到了“顶天立地”的感觉——土炕上往起一站不小心头就碰上房梁。一天，班主任老师骑自行车来看望我们，住了一宿，和老师睡在一条土炕上的经历终生难忘。老师一米八多的个子，躺在土炕上，脖子以上都耷拉在炕沿外面，我们把书摞在炉台上，让书的高度与炕沿一致后再放枕头，终于让老师伸开了腿。

三

初来乍到，天天为吃饭发愁。头几天，3位女老师每家管了一顿饭。在香爱家吃的小米粥、烙饼、炒菜。一个三四十厘米高的小方桌，香爱把饭菜端上来，并不陪我们吃。在完菊家吃西红柿打卤面条。香爱家离我们住的地方近，周末返校，香爱就把我们叫到家里，给我们做顿饭吃。饭上桌，老规矩，不陪吃，不和我们说话，在院子里忙这忙那。这似乎成为惯例，如果有一次周末，香爱不请我们到家里吃饭，我们好像受了委屈一般。

我们吃的是“双品粮”，按标准每人每月供应34斤粮食，70%粗粮、30%细粮，外加2两食用油。改革开放之初，物质还不丰富，粮站、供销社、商业局正走向没落，但“余威尚存”。粮站站长是一个胖老太太，绰号“老蔓菁”，腰有一搂粗，脑袋像斗那么大，脖子短得如同没有，斗大的脑袋和胖壮的肢体无“脖”衔接。威风耍惯了，整天黑着脸，表情呆滞，没有见过一丝笑纹，让人怀疑她是不是天生脑瘫。“老蔓菁”有个独生女儿，活脱脱她的翻版，人称“小蔓菁”。

粮食不管好歹“老蔓菁”都得卖给我们，可菜根本无处买。学生、老师偶尔给我们送点菜，我们就饥一顿饱一顿地对付。村里给我们安排了两畦菜地，让我们自己种菜。我们哪里会种？香爱拉着我们种了一畦秋豆角，几场雨过后，到地里一看，豆角丰收啦！我们摘了满满一大筐，过了一个多星期“富翁”的日子。

我们住的房子南侧与院墙之间有1米多宽的夹墙，里面盘着一个灶台，那是我们的厨房。做饭没有煤，村干部说山上有的是树枝，可以抻回来烧火做饭。心想，好容易当上了人民教师，没想到又回到了“刀耕火种”的状态。我们让学生上山为我们拾柴火，抻了半院子的刺槐树枝，都是湿的，放进灶膛光沤烟。灶膛里没火，我们心里却有火。

在小山村当“孩子王”，虽被人瞧不起，但我们吃着“双品粮”，内心的傲慢与乡亲们拉开了距离，我们似乎得了自闭症，不愿和任何人交往。我们住在村小诊所院子里，整天人来人往，可我们却没有与他们有过任何交流。有一次，早晨起床，看到晚上闩死的院门打开了，院子里水泥台面上横七竖八躺着输液的瓶子，我隐约记起睡梦中，院子里有嘈杂的人声。后来约略知道有一个人患急病，半夜在诊所抢救，没有救回，死了。听人们话里话外，说半夜叫门不开，村民跳墙才开了门。我们是睡死了，没有听见叫门。

四

突然从两岭口调到乡中心学校，我欣喜若狂，我是怎样走出村子、走出学校的已经忘记了。在乡中心学校工作的3年中，周末常和香爱、完菊在一起参加例会，我不曾邀请她们到我办公室坐一坐、喝杯茶、叙叙旧。

随着年龄的增长，回想在两岭口那短暂的生活，内心充满愧疚和怀念。香爱、完菊、代课李老师也许早已把我忘记，也许还记得我做过的令人捧腹的傻事。回两岭口看看的心情一年浓似一年，和她们见面的场景设想了好多，说些什么也打了无数次腹稿。香爱的丈夫——铁锁，那个黑大个子，是村里的支书，现在怎么样了？香爱的女儿，梳着两根小辫，文静地如同一株小荷，早该是个孩子的妈妈了吧。完菊的丈夫——老海，憨厚的笑容一定没变。

一晃，离开两岭口40年了，工作单位换了一个又一个。我在两岭口工作也就半年光景，但最让我梦绕魂牵的却是两岭口。也许因为那是走上工作岗位的第一站，也许因为那是一段青涩、苦涩的时光，也许因为香爱家切成三角的香脆烙饼，也许因为那棵神奇的老槐树。也许都是，也许都不是。好多年来，总想再到两岭口看看，岁月蹉跎，一年又一年，两岭口总未成行，却听到完菊已去世多年的消息。

一个国庆节假期，我下定决心，哪儿也不去，就到两岭口。我来到老槐树底下，不见了我们住过的院子、房子，迎面是一溜坐北朝南的校舍，整齐明亮，白底红字“两岭口村小学”的牌子十分醒目。假期里，学校里没有学生，有个穿红色连衣裙的年轻老师在院子里打扫卫生。古老的山村、明亮的校舍、年轻红色的连衣裙，让人感到一种底蕴和朝气。我试着和她攀谈，她听说我曾在这里工作，拘谨而又热情地招呼我坐下。我在办公室、教室转了一圈，不由感叹变化之大。

我没有香爱的电话，也不想提前告诉她，我想让她大吃一惊。从学校出来，我拐向香爱家，她家院子我认出来了，院门一把冰冷的锁头是我始料未及的。街里来了一个年轻妇女，我向她打听香爱，她告诉我香爱在县城帮女儿带孩子，不在家住。

我返回学校门口，站在老槐树下。让我感喟的是，当年我与老槐树朝夕相处，却没有去了解它。这是一棵唐槐，迄今已枝繁叶茂了1300年，县里把它列入重点保护古树名录，树的半中腰挂有注明名称、树龄的牌子。村里人讲，它是一棵神树，护佑着村民安康吉祥，护佑着六畜满圈膘肥。人们为它修了护栏，空去的树心已经被填充起来，做了仿真的树皮树干。看那粗壮黝黑的树干，似乎能感受到它生长过程中不屈的力量，恣肆张扬的树冠是那样的神奇和动人心魄，如老骥伏枥，志在千里的骐骥；又如历尽沧桑，壮心不已的烈士，给人以雄浑厚重的力量。崭新的学校，在古老唐槐的守护下，一定会学运久长，老师、学生们在唐槐下读书，熏染着坚韧不屈的品格。我举起相机，把古老而又朝气蓬勃的唐槐、白墙红瓦的校舍、红裙子老师框入了一张照片中。

40年，对于香爱、完菊，对于我，是半生光阴，对于这所学校，是沧海桑田的巨变，而对于这棵唐槐只是一瞬。此行没有见到香爱，也好。相见不如想念，让她大大的眼睛、黑黑的眼仁、双双的眼皮、白白的牙齿，在我心中永远与两岭口相连，如同这棵唐槐，永远不老。

装修记

一

整整10年，我住在这84平方米的公寓里。

当时图便宜买了这套房子，简单收拾一下，添置了几件质次价低的家具，想租出去，没想到后来主要是自家住。近年来，柜子外面的贴皮张了嘴，封条一段段掉下来，少皮没毛的。我跟修鞋师傅要了几十个小钉子，盛在一个废弃的药瓶里，看着封条、贴皮哪儿张嘴了，就拿出小钉子叮叮当当地钉一钉。布艺沙发的绷线咧着嘴，海绵像即将出壳的小鸟，探头探脑地露出来。从卧室通往卫生间的3块瓷砖本来就空鼓，这几年越发活动了，走在上面嘎嘣嘎嘣响。我担心哪一天瓷砖会被踩碎，如避开地雷一般绕着它们走。塑钢窗受到地球引力的作用，窗扇下垂变形，开关窗时，一只手要用力往上使劲托举。厕所的马桶抽水无力，还漏水。几年前，洗衣机的水阀漏了水，卧室的门受潮鼓起一串串大包，目光触及它们，会想起春秋季节交替之时浑身起的荨麻疹。

面对这些景象，修修补补已经无济于事，我也懒得收拾，任由它一天天烂下去。打破一个旧世界，再造一个新世界，想想容易做起来难。

提到重新装修，娘不以为然："这比你们小时候咱家的泥窝窝强多啦！你又不再娶媳妇，装修它干吗，钱没处花了？"我也纠结，再过两年，大概率到北京跟着闺女混了，装修房子谁住？在电视上看到一些名人家里很简朴，人家"一箪食，一瓢饮，在陋巷"，我有什么不可以呢？转念一想，名人简朴是美德，我辈简朴就是穷酸了，现在不装，退休后更没有心气装了，房子越来越旧，难道就此度余生？二楼那对70多岁的老夫妇，把原来的塑钢窗换成了高档断桥铝窗，人家不顾虑花钱换了窗户死后落入"三道头"手里，我想这些是不是早了点？

装！决心一定，收拾东西，打包，该搬的搬，该扔的扔。物业打扫卫生的师傅问："大装修啊，孩子结婚？"我说不是。打扫卫生的师傅很惊讶，自己住还大装修？现实生活中，人们修房盖屋、装修房子，都是为了儿女成家用。父母省吃俭用，房子盖了一处又一处，儿女成家后，家家宽宽敞敞、漂漂亮亮，自己仍然住在"老破小"里，甚至沦落到无家可归、轮流住儿女家谁也不愿意收留的境地。

二

梁实秋先生说过，如果想一天不得安宁，去请客吃饭；如果想一年不得安宁，去盖房子；如果想一生不得安宁，去娶姨太太。我说，如果想半年不得安宁，就装修房子。旧房翻新尤其如此。

装修最怵的是费心费力。我是上班族、工薪层，不能和土豪比，装修的总方向是简单大方省事省钱。墙面还是开发商交房时的样子，疙里疙瘩，到处爆皮裂缝，必须重新打腻子，将来刷乳胶漆还是贴壁纸均可。旧衣柜、沙发、茶几、餐桌是早就决定处理掉的，卧室门也不能留。厨房太小，结构需要改动，橱柜必须拆掉。客厅卧室的瓷砖，800毫米×800毫米的规格，花色老旧些，但看上去也还亮堂，拆掉铺新的，浪费钱财不说，还制造垃圾、污染环境、浪费资源。有几块空鼓了，师傅说可以维修。厨房、卫生间、阳台的墙砖花色旧了，当年施工质量差，好多地方咧着嘴，但整体上白白净净，想着拆掉时它们会被电镐击为齑粉，我心里就很纠结。卧室的窗户是塑钢的，关不严，不隔音，临街，拆掉换新的。阳台的塑钢窗拆不拆，我一直犹豫，它们看上去七八成新，窗扇不好关，是不是维修一下让它们继续发挥作用？拆了换新的，收废品老头儿高兴了，可我得花多少银子？卫生间的电热水器，美的的，用了八九年了，据说已经达到设计寿命，但没有坏，不准备换，什么时候坏了什么时候换。3个空调都能制冷，也不换。冰箱又旧又小，确实该换，但家里人口少，冰箱用处也不大。小天鹅牌洗衣机是波轮的、5公斤，有点小，但用起来没有问题。不过我非常喜欢滚筒的。洗衣机，换。旧的送亲友，不能算浪费。

书架不扔，扔了书放哪里？书需要清理，有的看过了，但不能扔，有的没看过，但应当扔。近年来写书的比看书的多，文友们送的签字本，摆了一长溜，书写得如何姑且不论，情义不能辜负。在堆积如山的旧书中，发现了30多年前结婚时，媳妇单位为我们举办集体婚礼，工会送的《青年知识手册》，扉页上有工会主席龙飞凤舞的签字，这对于我来说已经是文物级的了，需要重点保护。40年前学过的北京外国语大学编写的广播电视英语教材也重现人间，面对它，往事如昨又恍如隔世。读大学的教材，上面勾勾画画的，稚嫩又可爱。这些就尽量留下吧。

闺女从出生到大学毕业，点点滴滴留下了无数幸福的记忆，出生时留下的小脚印、幼儿园画的画、学音乐留下的视唱练习簿、小学写的作文、老师的批语、高考前的练习本，一切如同昨日。这些都不想扔，留下无处放，只能选择最具有节点意义的留下。我和闺女说，你闺女刚刚半岁，这些东西等着让她长大看看，看看她妈妈小时候的足迹。真有一种轮回之感。

决定丢弃的旧书废纸、建材和家具的纸箱包装堆积如山。我联系了一个收废品的，看他经年练就的奸猾态度，价格高低不说，称重时还要秤杆。我心想，白送给别人也不能让这种人占便宜。楼下一个老太太在垃圾桶里捡破烂儿，我就把这些废品全部送给了老太太。老太太说不能白要，我说不让你白要，你帮我把楼道的垃圾收拾干净，就两讫了。

三

隔行如隔山。我找了几个工长，让他们来家量尺、做设计、报价格。听听这个听听那个，没有把问题搞明白，反而越来越糊涂，觉得处处是坑。朋友建议，别在街头找工长，他们说得天花乱坠，用料质量不敢保，施工水平更没准，报价低？后期会加钱，将来出现质量问题连人影也找不到，找正规公司吧，花钱买放心。我觉得有道理，找了两家大公司咨询。一进大厅，迎宾小姐递上开水，设计师抱着笔记本电脑给我讲解。特别吸引我的是，有一家公司把瓷砖、门窗、卫浴等都陈列在大厅，可以根据价格随意挑选，这样会省去许多转建材市场采购的时间。设计师向我承诺，每一步都会有质量监理，全程甲方都不用到场，最后做完保洁，交钥匙入住就可以啦。这些承诺对我有极大的吸引力，设计师看我心动，急着让我交定金。我坚持让他做完设计，谈好价格再说。过了几天，设计师约我到公司，一问价格，也在我心理承受范围内，后来进一步了解，拆旧另加钱，垃圾清运另加钱，水电改造只是预收费用，将来根据实际结账，墙面、地面找平另加钱，瓷砖美缝另加钱。还有没有其他另加钱的项目我也不知道，感觉这里边有很多坑，一旦签订合同，将来就往里边砸钱吧。我果断拒绝了这家公司。

在另一家公司，设计师给我介绍，可以半包也可以全包。我担心出现上一家那样的问题，决定和他谈半包，由公司负责水电改造、墙面处理等基础装修。我和设计师说，反正我不懂，大包干给你，你算好了，给我报一个封顶的价格，施工下来省下钱算你赚，需要加钱你就出。他不愿意，我也不着急和他签订合同，到年底为了赶业绩，腊月二十六，他主动找我签下了大包干合同。这个大包干合同，实际上是两个合同。一个是我和公司签订的，是基础装修部分，另一个是我和设计师签订的，是后期可能增项加钱部分。我合计了一下，花钱能比上一家公司节省2万元左右，比街头工长多花5000元左右。

我觉得我还挺有想象力的，可以高高兴兴过春节啦。

四

合同约定正月十七开工，没想到突如其来的疫情打乱了一切。小区封闭，外地工人回家过年也来不了，直到4月初疫情得到控制才开始施工。

第一道工序是拆旧，来了3个师傅，年龄都是50岁左右，山西人，是姐夫和小舅子的关系。手持电镐的是姐夫，两颗大龅牙夸张地往外扩张着，牙缝很宽，安排两个舅哥干这干那。他是个掌班，却身先士卒，冲锋在最艰苦的前线。只见电源一开，哒哒哒，他手里的电镐从侧面切入，砍瓜切菜一般，墙面砖噼里啪啦掉在地上摔成碎片。在赞叹现代化劳动工具威力巨大的同时，“残忍”两字也浮现在我的心头。刹那间，卫生间、厨房尘土飞扬，从外面只看到师傅们在里边劳作的大致轮廓。疫情期间，我戴着口罩，但飞尘刺激呼吸道很难受，我赶紧到外面楼道呼吸新鲜空气。半个多小时后，龅牙师傅出来，早已变成土人，龅牙上沾满各色灰尘，脸上的皱纹，不用做拉皮也都平平展展的了，眉毛变成土灰色。我跟他说："你咋不戴口罩？"他说："戴不住啊，这还喘不上气来呢。"我问他们，平时除了拆旧还干什么，他们说："没有别的技术，只做拆旧。""你们天天吸这么多尘土，身体能受得了？""管不了那么多，什么时候死什么时候算吧。""挣钱不是为了活得好吗？你们这是用命换钱啊！""先把今天的饭吃了再说。想那么多就什么也别干了。"电镐的"破坏"工作结束后，碎瓷砖、碎水泥块子装满几十个编织袋，看着他们把这些死沉死沉的袋子抱起来扛到肩上送到电梯口，我心里有一种羞愧感。因为三两千元的拆旧工费，我还曾和他们讨价还价，现在心想，人家这钱不好挣呢！自己平时手拎的东西稍微重一点，腰肩盘突出的症状就会显现，多给10倍的钱，自己也干不了这活啊。这钱花得值！厨房里的灶具，刚买了1年多，挺好用，打算装修后继续用。卫生间的浴霸，想着送给亲友。这些我都提前交代给龅牙师傅了，让他们清运垃圾时留下这两样东西，可能是他们误会了，都给扔掉了。我和设计师说这事，设计师让我开一个价格，让龅牙师傅赔。我犹豫再三，觉得龅牙师傅们冒着得尘肺病的风险，辛苦一天才挣个三五百块，到头来还得倒贴。算了，旧的不走新的不来，既然装修，索性不再用那些旧东西啦。

五

我不喜欢逛商场、转市场，因为装修，两个多月的时间里，附近几家建材市场却转了个够。为了省事，水泥沙子等辅材都交给设计师和工长定，我负责付账。瓷砖等主材的品牌、花色、规格、价格得自己定，更别说橱柜、浴室柜、沙发、衣柜、书柜，都需要自己到市场上挑选，定风格、定样式、比价格。我是一个缺乏审美和决断力的人，一进市场，琳琅满目，眼花缭乱，看这个不错，刚交了定金，转到另一家又觉得更好。当时市场还没有完全恢复，各家都在促销，说可以先交定金，不想买了定金都退回，受到这个诱惑，一套沙发，我先后交了3家定金，茶几餐桌交了2家定金。定制衣柜书柜，参加促销活动，也交了3家定金。这个过程中，我真切感受到了选择的苦恼。

多年以来，人们在公共场合的称呼发生了许多变迁，20世纪六七十年代叫“同志”，八九十年代叫“师傅”，进入21世纪，陌生人打招呼开始称“老板”，对于女士，不叫“小姐”叫“美女”。在我的意识里，“美女”总在灯红酒绿的场合出现。在建材市场、家具商场，女服务员比男服务员都长一辈，女服务员叫我“哥”，男服务员叫我“叔”，尽管从年龄上说，他们都应当叫我“大爷”。对于这种称呼，女的给我降了辈，男的给我降了年龄，我这半大老头却乐意接受，无形中口袋里的银子捂得就不那么紧了。

经营建材家具的都打环保牌：定制家具的承诺所用板材环保，即装即住；卖壁纸的介绍用的胶都是土豆粉做的，可以吃，绝对没有污染；做橱柜的说板材是进口的，用的胶是零甲醛。他们一口一个“哥，你放心”“叔，绝对没问题”。由于信息不对称，在这里犹如置身一个巨大的黑洞，无处躲藏。在和平路建材市场，价格明显低，女服务员说：“哥，放心，这和红星美凯龙的货一样一样的。价格低，我们房租便宜。”在红星美凯龙，男服务员说：“叔，价格高有高的道理，小市场上的东西你也相信？”

叫“哥”也好，叫“叔”也罢，不买人家的东西，脸马上就拉长了。买了人家东西，全款一交，再有事也不好商量啦。

半世浮生，经历这3个多月的装修，对生活又有了新体验。

没有装修过房子，不足以谈人生。

把粥话桑麻

大舅是个老八路。据大舅说，当年他所在的部队都是在保定的易县、涞源一带与日本鬼子打仗。一次战斗中，他们20多人边打边往山顶撤退，在一个山头上，敌人的一颗手雷落在他和一个战友中间，战友被炸死，他的脚踝骨被炸断，一阵眩晕后，看见日本人端着白晃晃的刺刀，呜哩哇啦地冲过来了，离他只有10多米远。他想宁可摔死也不能让日本人的刺刀扎死，双手把枪往胸前一抱，就地滚下了山坡，老天爷保佑，正好落在一个茅柴垛上，捡了条命。我和大舅说，你这不和狼牙山五壮士一样吗，你咋不是英雄？大舅光笑。大舅后来被评为二级甲等残废，享受国家种种津贴。

爹在世的时候，家里穷，大舅来我家，没酒喝，只能喝粥，边喝粥边关心对方："今年年景怎么样？麦子分了多少斤？"庄稼和收成说完，接下来，俩人开始抬杠，我忘不了爹对大舅那鄙夷和不屑的表情，大舅却不在乎。大舅走了，爹说："你大舅尽胡说。"

有一次，大舅说："棉花要想高产，就应当和茄子嫁接。你看茄子的叶子、枝干、花朵，是不是和棉花相像？嫁接起来肯定沾，到那时，棉花桃长得和茄子一样大，一个棉花桃上的棉花就够做一个棉袄。"

还有一次，大舅神秘地说："山药蛋和花生，都是在地下结果，可以杂交，到时候，花生长得跟山药蛋那么大，一个花生豆2两重，还愁没花生油吃？”

大舅还说：“河里的芦苇长那么高，开花结籽那么长的穗，若让稻子也长成那样，大米饭就吃不清了。”

大舅还有这样的说法：“在丝瓜蔓的根部剜个窟窿，里边塞进一粒大麦，丝瓜能长3尺长，像西葫芦那么粗。”言语间好像是他亲身实验过。

大舅的奇谈怪论，多年来一直是我家喷饭的由头。后来听说杂交水稻之父袁隆平有一个“禾下乘凉梦”，水稻长得像高粱一样高，稻穗像扫帚，稻粒如花生米那么大。前一段时间从媒体上看到，经过10年的科技攻关，中科院研究成功培育了2米多高的超高产优质巨型稻，稻秆直径达2厘米，袁隆平的“禾下乘凉梦”已经成为现实。由此我想起了大舅，他虽然“尽胡说”，但他很有科幻头脑。假设他生在当今社会，接受良好教育，加上他的超级大胆设想，也许也能为农业发展做点贡献。

高中毕业　三间房

我家祖祖辈辈文盲，过着“结绳记事”的生活。爷爷活着时，置有百十亩地，但不认识地契，为了记住地契和地块的对应关系，用红绳系村东地块的地契，用绿绳系村北地块的地契，再用其他颜色的绳子系其他地块的地契。爹是爷爷最小的儿子，爷爷把他送到私塾，想让他学点知识，目的是长大能认识地契。不料爹不是读书的料，成了出名的逃学大王。在家说上学去了，和老师说肚子疼上不了学，然后跑到村东河里玩，怕被爷爷发现挨打，就爬到树上躲起来。

我们兄弟姐妹上学的时候，正值特殊时期，人们不懂什么“读书无用论”，但明摆着，农民的孩子终究还是“修理地球”拽牛尾巴。小孩子七八岁不能干活挣工分，父母就送他到学校识几个字，到十一二岁稍微能当个帮手了，父母就不让孩子上学了，说能认自己名字就行，上学有什么用?

我爹与众不同，尽管自己曾是个逃学大王，对我们兄弟姐妹5人的教育却十分上心，常说的一句话是：“你们上到哪儿我供到哪儿，每人供个高中毕业，就算我给你们每人盖了三间房子。”那时，哥、姐、妹和我同时上学，有高中，有初中，有小学，后来弟弟又上学，家里只有爹一人挣工分，典型的人多劳少。爹在干农活方面，手不巧，力气小，过日子不会钻营打算，每年年终结算，我家都要欠生产队一二百元的实物款。贫下中农受优待，欠了实物款可以免除，我家是上中农，没有被列为打击对象已是万幸，实物款是不能不交的。这时候往往年关又至，处处花钱，爹不是凡事不在乎的人，心量小，愁得他一会儿从院子里走到外面猪圈旁边抽烟，一会儿又返回院子，一声不吭，始终紧锁着眉头。一个本家大伯虎着脸和爹说："穷？你活该。儿子们那么大了不去挣工分，让他们上学，有什么用啊？"

在看不到任何希望的情况下，爹仍毫不动摇地供我们上学，"供你们高中毕业就算给你们每人盖了三间房子"，至今我也不知道爹咋产生这个想法，当时的高中毕业一点用也没有，不可能和三间房子画等号，因为有了三间房子就可以托媒人给儿子踅摸娶媳妇啦！

人们说爹让孩子们上学受穷是活该，没想到几年后居然有了意想不到的结果。爹干活是一个弱者，钻营打算方面是个愚者，这个无厘头的决策却让他成为一个智者，这也是他始料未及的。高考制度改革后，哥考上了全国农业类大学中的老大，毕业后留学国外，成了洋博士。高考制度改革几十年来，村里出了很多大学生，但没有一个考的学校超过哥的。哥移民澳大利亚，在那里有宽敞的大房子，比村里好几个三间房子都大。我考学后从农村进了省城，在省直机关供职，住着100多平方米的房子，也比村里的三间房子大不少。姐姐、妹妹和弟弟虽然没有考上大学，但有文化基础，不管做什么，都受益匪浅。

从这个角度来说，爹供我们高中毕业是改变我们的命运之举，远非给我们盖三间房子可比。爹没有来得及享受幸福生活就匆匆离我们而去了，每当兄弟姐妹看望娘亲、全家相聚的时候，都会感念是爹交给了我们打开幸福之门的金钥匙。

二两流

20世纪70年代初，交白卷称英雄，爹娘让孩子上学，就当是把孩子送到托儿所让阿姨看管了，学习好不好从不过问。那时家里穷，物质不丰富，写作业都用黄色粗糙的草纸，钢笔写字写快了，会把纸划上窟窿，写慢了一洇一大片。这种纸很脆，没有订书器，我们用纸绳穿眼装订，几天下来，本子的角就飞卷起来，如同一团黄色的废纸。

有一天，高我一个年级的同学，拿着一个订书器到班里兜售。在这之前，我从来没有见过这玩意儿，看到订书器装订的本子整整齐齐，觉得很神奇，想买下这个订书器。同学说一个新订书器3块多，这个旧的才4毛钱。我觉得这是一桩便宜买卖，机会不可错过，回家试着和爹娘要4毛钱，说这对学习如何如何有帮助，又说这订书器是多么便宜。没等说完，爹娘不假考虑就否决了我的提议。爹说："等以后你自己能挣钱了，愿意买什么就买什么。"

回到学校，和同学说没钱不买了，同学说可以等我有钱了再卖给我。爹的话刺激了我，我暗暗下定决心，要靠自己的双手挣4毛钱，买下订书器，也让爹娘看看我是一个有出息的孩子。

我和姐姐说了我的打算，姐姐说，滴滴尿皮（蝉蜕，一味中药。老家方言中把知了叫作滴滴尿）可以卖钱，你捅滴滴尿皮吧。姐姐的意见让我很兴奋，因为我就喜欢捉滴滴尿，爬高上低是我的强项，我还知道村东河边的杨柳树上有好多滴滴尿皮，捅下它们来真是太容易了。为了捅滴滴尿皮，我常常和爹娘说脑袋痛，不能去上学了。爹娘允许我在家“养病”，待他们下地干活后，我把预备好的一截木棍、一截竹竿拿出来，用绳子将它们的两头捆扎一下，使它们变得更长。我手持加长的棍子，挎个小篮子，就往河边进发了。低处的滴滴尿皮伸手就能捡走，高处的用加长的棍子捅下来，更高处的噌噌噌爬上树，再滋溜滋溜下来，也不怕裤裆被树皮划破。运气好的话，一上午可以捡到几十个滴滴尿皮。估摸时间差不多了，赶在爹娘回家前踅摸到家，把滴滴尿皮存放在一个破箩筐里，然后躺在炕上继续装病。下午再“重复上午的故事”。功夫不负有心人，经过一个夏天逃学捅滴滴尿皮的努力，也忘了划破了几条裤子的裤裆，最后收集了满满一箩筐滴滴尿皮。姐姐在公社上初中，公社收购站收购滴滴尿皮，2毛一两。我央求姐姐上学时捎带把滴滴尿皮卖到收购站。姐姐同意了，出发前用秤称了一下，遗憾得很，秤砣放在二两的星上，秤杆低得几乎挂不住秤砣，姐姐说不到二两。我为了让一夏天的辛苦能凑个整数，就说“二两流”，意思是够二两了，只是流秤（低头秤）而已。后来，姐姐真的给卖了，得了4毛钱。这是我有生以来淘得的“第一桶金”，当时异常兴奋，尽管“二两流”这句话让姐姐取笑了好几年。现在想来，滴滴尿皮肯定不够二两，公社收购站也不会迁就，认可我这个“二两流”，姐姐回来说卖了4毛钱，一定是为了哄我高兴的，差的钱不知道她是怎样补齐的。

4毛钱到手，我对订书器的兴趣却消失了。买了两支1毛5一支的竹杆圆珠笔，我一支、姐姐一支。

这是一件小事，却是我人生追求理想的第一次实践。爹那句“等以后你自己能挣钱了，愿意买什么就买什么”，让我明白了，钱得靠双手挣。这简单的道理，让我终身受益。

第四辑

涧边幽草

一把毛毛呼

村东河滩上稀稀拉拉的小草，似有似无，像大地皮肤上的汗毛。小草很瘦弱，一过霜降就干枯了。物资匮乏的年代，人们拾柴火做饭，小草的火暄，在灶膛里火一燎呼一下子就没了，由此得名“毛毛呼”。村里的人，一辈又一辈，一茬又一茬，无声无息，如同河滩上的毛毛呼。

六叔

弟弟打来电话说六叔死了，电死的。

六叔的根在邯郸，他如柳絮随风飘舞，在我们村粘上一片泥土发了芽。六叔出生在20世纪40年代，排行老六，乳名小六。家里日子实在过不下去了，全家逃荒来到我们家乡一带，经人牵线，他爹半斗米把5岁的小六卖给了某村米洛光。米洛光薄有田产，膝下只有一个女儿，本意是将小六当儿子养，将来顶立门户，却不好好待他，平时让小六吃剩饭、馊饭。一次小六吃了馊饭拉肚子，把屋里弄脏了，狠心的米洛光逼着小六吃屎。小六回忆说：“吃一口，吐半天，吃一口，再吐半天。”

小六虽小，却不认命，一直伺机逃走。有一次，小六逃跑被抓了回来，米洛光狠狠揍了他不说，还拿起斧子，把他的一只脚垫在门槛上，威胁要剁掉他一只脚。米洛光的闺女——小六所谓的姐姐说了一句："你剁了他的脚，还得有人伺候他。"算是救下了他的脚。有一次在地里浇园，中午过后，米洛光家的人都回家吃饭，让小六留在地里看着水车。小六想到了死，不敢直接跳井，扒着水车斗子，晃晃悠悠下到了井里，看着无底的水井，他害怕了，又扒着水车斗子上来了。不敢死，那就跑吧。当时正是秋天，禾子长得老高，他钻进禾子地漫无目的地跑，地上好多蒺藜，赤脚跑出禾子地，脚早被扎得稀烂。他跑啊跑，跑啊跑，跑了整整一个下午，来到我们村边，天近黄昏，路边有一垛柴火，他钻进去就睡着了。

小六逃出虎口，继续用他出人意料的举动延续传奇的命运。他在柴火垛里昏天黑地睡了一大觉，醒来已是第二天早晨。从柴火垛里爬出来，远处来了一个人，真是无巧不成书，正是将他卖给米洛光的牵线人。牵线人一看："哎，小六，你怎么在这儿啊？"小六放声大哭，讲述了他的遭遇。牵线人唏嘘半天，带着小六来到无儿无女的严洛题家。严洛题的媳妇是牵线人的表姐，夫妇俩婚后一直没有孩子，牵线人想把小六交给他们收养。严洛题看了看小六，又脏又瘦，觉得难以成活，踌躇了半天，没有答应。牵线人说："我去赶集，小六先待在你家，你们看他行，愿意收养就留下，不然，赶集回来我还把他带走。"严洛题夫妇给小六做了饭吃，小六精神恢复了一些。严洛题收拾谷子秸铡干草，小六忙提一个小篮，蹲在旁边帮着从谷子秸里拣谷穗。严洛题大为惊讶，说："这孩子行，咱留下吧。"严洛题家一贫如洗，但对小六却视同己出，十分疼爱。

新中国成立时，小六已是十三四岁的少年。他的生父多方打听，找到严洛题家，看望过几次。一年秋天，小六的生父又来到严洛题家，这次他有一个很不地道的念头——将小六带走。小六说："我不走，人家把我拉扯大，对我这么好，我走了人家不得塌了天。”

村里人欺生，不是本村出生的人，融入“主流社会”比较难，可小六在村里却是响当当的人物，人们都敬他三分。他为人正直义气，入了党，敢说直理，大集体年代，干活不惜力，能吃苦，人们选他当生产队队长，他不仅处事公道，脏活累活还抢着干。他日子过得活泛，有人吃不起盐、点不起灯，向他借上三块五块，他总是慷慨解囊。我爹和他属于一派人物，结下了“革命”友谊，我平时叫他六叔。

20世纪80年代，大旱，河水干涸，村里原本弯腰就能舀上水来的水井成了枯井，只有六叔家一口压水井有水。早晨天还没亮，六叔家人还没起床，人们就担着水筲陆陆续续来打水，直到星光满天。六叔对半道街来他家打水的人没有不耐烦，不管是穷人还是富人，不管是过去有过节的还是关系融洽的，穿得破的和穿戴整齐的，一样看待，辞色始终平和自然。打水的人多，压水井的皮垫坏得快，压水杆也经常出毛病，六叔总是第一时间修好。六叔家原来有一个栅栏门，平时夜晚都关着，自人们到他家打水，他家的栅栏门也不关了。他说：“我关了门，夜里或者大早起有人来打水，进不了门，我还得起来开门。栅栏不关，大家两便。”

那个夏天，六叔的邻居到地里干活，一天没有回来，乡亲们分头到地里找，六叔一马当先走在前面，突然在半人高的玉米地里倒下了。原来头天暴风雨，刮断了高压线，地里干活的邻居被电死，六叔走到他身边也被电死了。

六叔的一生，五六岁时貌似有英雄气质，长大后却没有惊天动地的事迹，就跟小草似的，发芽时拼死出了地皮，却长不成参天大树，最后以这个悲壮的意外，结束了传奇而又平凡的一生。

老半块

人生有三大不幸：早年丧父，中年丧妻，晚年丧子。一个人只要摊上一样命就够不幸了，可是黑哥三样都摊上了，而且还远不止这些。

黑哥三四岁父母双亡，他和哥由四叔四婶抚养。叔叔收养侄子，虽不是外人，但与亲生父母毕竟不同。他哥是个低智儿，半傻半语，只能含混地说几个字节。黑哥却一表人才，为人朴厚，心灵手巧，无师自通地学会了木工、瓦工，但做得都不精，成为半块木工、半块瓦工，得了绰号“老半块”。

老半块20多岁娶了个漂亮贤惠的媳妇，生下一双儿女。正当人们以为他苦尽甘来的时候，媳妇突发肚子疼，村里的中医开了几服药也不见效。有人说扎针可以治肚子疼，在胳膊的血管上扎了一针，流了几滴黑血，哪里管用？折腾了半天，才想起往县医院送，老半块拆下门板当担架，几个人抬着走到半路，媳妇突然说不疼了，但脸色马上煞白，她对老半块说：“我感觉不行了。”话音一落撒手归西了。

中年丧妻，家徒四壁，还有一双嗷嗷待哺的儿女。老半块的命运一下子又跌入苦难的深渊，他既当爹又当娘，好不容易把一双儿女拉扯大。令人欣慰的是，儿女都争气，借着改革开放的形势，儿子做生意发了财，娶了媳妇，生了龙凤胎，生意越来越红火，买了辆皮卡，到处进货送货。在自行车刚刚普及的年代，那真是风光得很。女儿学习好，考上了大学，毕业分配了工作，端上了公家的饭碗，这在当年可是了不起的事，对老半块来说，是极大的回报和安慰。老半块抱着孙子孙女走在街上，人们又看到了他幸福的笑容。后来女儿成家养育儿女，老半块又喜滋滋地照看外孙。可好景不长，上帝又为他降下了难以承受的灾祸——儿子外出做生意途中遭遇车祸身亡。真是天塌地陷，飞来横祸将老半块刚刚得到的一丝幸福全部湮没了。幼年丧父、中年丧妻固然不幸，而晚年丧子，对老半块的打击更加惨烈，悲惨的命运平添了浓浓的凄凉色彩。

苦难的命运没有让老半块联苦成甘。儿子去世后不久，女儿所在的企业改制，工作没有了。老半块和女儿一家合作倒卖畜禽饲料，凑合过日子。谁知道第四大不幸又从天而降，一个冬天的夜晚，女婿酒后骑摩托车，醉倒路旁被活活冻死。老半块擤着鼻涕说："命薄啊！儿子没有了，连个女婿也落不下。"

除了这些大不幸，老半块还经历了常人没有经历过的苦难。四叔四婶年老后，他侍奉不亚于亲生父母，为二老送终。半语哥哥一生未娶，跟他生活了一辈子，60多岁得了中风，几年后去世，全是老半块一人照顾。

老半块遭遇这么多苦难，也许有过眼泪吧，但人们没有见过。有一年过年他来给我娘磕头，我问起他的生活，他淡淡地说没事，身体还不错，只是女婿去世上了点火，得了口眼歪斜（面瘫）的病。到了吃饭的时间，留他吃饭，他坚执不肯，弓着腰一步一歪地走了。

又过了一年，5月的一天，老半块寻了短见，喝农药死在自家的土炕上。掩埋了老半块，人们在他的褥子底下发现了他留给女儿的2000多块钱和一封只有6个字的遗言："爹不想拖累你。"老半块被别人拖累了一生，但他没有抱怨，没有眼泪，当自己要拖累别人的时候，毅然用这种惨烈的方式结束了生命。

墙哥

墙哥年轻时入伍，在部队工作积极，训练刻苦，早早入了党，俨然成为家族的荣耀。他命运的第一个转折点是婚姻，媒人带着女方到部队和墙哥见面，没想到，女方相中了部队的另一个老乡。墙哥受不了打击，坚持要复员，部队挽留不住。墙哥回到老家，赌气快速娶了亲。相亲回来和爹娘说："姑娘长得不算丑，脸上有几个疤，不是黑疤，白疤。"他的意思是，有疤不要紧，白疤就更不算事了。结婚后生下一双儿女。正当人们认为墙哥的命运就此落停的时候，县机械厂招工，墙哥凭借在部队打下的基础一举考中，成为吃商品粮的工人阶级，墙哥又一次让人刮目相看。在工厂里，墙哥是"拼命三郎"，很快当上了车间主任，成为一时的风云人物。但他对媳妇百般看不上，媳妇脸上的疤，婚前他不嫌，现在却成了眼里容不下的沙子，说媳妇是"梅花公主""核桃皮"。他离婚的心九头牛都拉不回来，离婚后儿女全归女方抚养。人们骂墙哥狠心，就连他爹都骂他没人性。

可能是触怒了命运之神，离了婚，墙哥的命运急转直下。他一心想当脱产干部的事泡了汤，本想凭着自己"工人阶级"的身份再娶个黄花闺女，结果连个寡妇也没寻上。墙哥这人，经得起成功经不起失败。如同水上行舟，越顺风顺水，划得越起劲，一旦遇上逆风，他就会弃浆跳河。工作的不顺、家庭的变故，让他破罐子破摔。他不嫌人笑话，下班回家不是弄一捆草，就是弄一捆烂柴火，让人看着挺可怜。改革开放后不久，下海经商蔚然成风，墙哥尝试着做买卖。大买卖做不了，就收破烂儿，到石家庄各个厂里收下脚料。

墙哥退休后，养老金蛮够过上清闲体面的日子，可他闲不住，骑着三轮车走街串户收破烂儿，当上了破烂儿王。在他眼里，破铜烂铁都是金银宝贝，舍不得及时处理，都堆在院子里，院子里堆不下了，就堆在房子的四周。他的整座房子都被高高的破烂儿包围着。村子里有一帮坏小子，经常在他的破烂儿山上捡破烂儿，然后再卖给他，所以他的破烂儿好多都是他自己循环出了好几回钱买来的。如果劝他早点卖了，他会和你急："卖、卖，没有好价钱，我咋卖？"他儿子没办法，趁他不在家把破烂儿卖掉一些，谎称卖了大价钱，差的钱会倒贴给他。墙哥收破烂儿，穿得如同原始人一般，我曾对他儿子说，你们好好管管你爹。他儿子说，他这个人可怜不得，他就是要过那样的生活。

有一年冬天回老家，正好遇上墙哥来我家串门，中午留他吃饭，大块肥肉吃了好几块。他三四十岁就嚷嚷身体不好，有这病那病，现在80多岁了，身体还那样。乡亲们说："人家有这受罪的命。"

送葬的礼炮

三月三大庙会刚过没几天，一个风和日丽的下午，二踢脚在村子里突然响起：咚咔咚咔。这是一种不祥的宣告，因为除了过年，只有死了人才放二踢脚。有消息灵通人士急匆匆走过，眨巴眨巴眼，神秘兮兮地说道：马三堂没了。

一

马三堂姓王不姓马。村子里没有马姓，不知道为什么有好多以“马”字相称的人。我曾经问过爹，爹笑笑说：“骂人的。”

马三堂，男人们当面不能这么叫他，若是两人发生了什么过节，豁出去要相互开罪，就不管那么多了：“马三堂，你小子怎么如此混账！”这样一来，两人一定会发生争吵或者对骂一类的冲突。村子里常和他打情骂俏开玩笑的婶子大娘嫂子们有些特权，见面会嬉皮笑脸地说：“马三堂，你的案板脊梁又挨马鞭子了？”“案板脊梁”也是骂人的话。

马三堂的娘是个瞎子，老两口一气生了三个儿子和两个闺女。马三堂排行老三，上有两个哥哥，下有两个妹妹。家里穷，娘是瞎子，弟兄几个上哪儿去寻媳妇？马三堂的两个妹妹换亲给马三堂的两个哥哥换来两个媳妇。到马三堂该娶媳妇时，妹妹都换完了，他只好打光棍。

二

俗话说：大的亲，小的宠，当中间的上脚梃。意思是说，父母对于子女，排行老大的往往受到格外重视和亲近，对排行老小的往往会溺爱无度、惯得没边，排行中间的子女顾不上亲也顾不上宠，烦心时还会用棍棒伺候，马三堂排行老三，是“上脚梃”的角色。村里人还有“坏三儿”一说，马三堂小时候十分顽皮，是“坏三儿”的典型代表。

马三堂上学不爱学习，光使坏招欺负女同学，取笑女老师。他看到女同学要坐下的时候，会在背后把椅子轻轻挪开，女同学重重地蹾在地板上，免不了号啕一番，马三堂笑嘻嘻地说：“这下子把你的屁股摔成两半儿了。”女同学向老师报告，老师把马三堂提到讲堂前面罚站，马三堂并不在意，龇牙咧嘴，一副坏小子模样。马三堂坏招盯上了一位女老师，女老师长得很丰满，马三堂给她起了个绰号——鸭子屁股格摇摇。有一次，马三堂在河里捡了好多蒺藜，在女老师上课前，偷偷把蒺藜放在了老师的椅子上，女老师往椅子上刚一坐，就被蒺藜扎上了。女老师尖叫一声，害羞地跑出去了。马三堂趴在桌子上哧哧笑个不停。

村里有一个巫婆，神神鬼鬼的，常常在家里摆上白面馒头、水果，当作某一路神仙的供品，然后跳来跳去，嘴里念念有词。有一次，巫婆刚把供品摆好，马三堂就来了，巫婆知道这小子嘎，骂道：“王八羔子，你来干吗？还不快滚走，我让神仙捏你鼻子。”马三堂早就对供品垂涎三尺，见巫婆警惕性很高，就退出来，踅摸一圈，趁着黄昏的夜色趴在巫婆家低矮的墙头上潜伏起来，待巫婆到屋内专心跳大神的时候，他脱下裤子，将裤脚绾了个襻，跳下墙头，把供品全都划拉进裤筒里，蹑手蹑脚地离开了。第二天，巫婆看见他："好你个王八羔子，一准儿是你偷了我的供品。"马三堂横着膀子说道："看你脏手净脚的，谁稀罕你的供品。"

三

嘎小子淘闺女，长大都是好样的。马三堂小时候嘎，成人后却真不含糊，人高马大，能吃能干。别人半天出一圈粪，他只需一个早晨，别人肩扛百十斤粮食上房，他一手提百十斤粮食上房。有一次生产队在麦场打麦子，碌碡坏了，大家想把碌碡推到边上，马三堂嫌麻烦，双手只一抱就把碌碡放在肩上扛走了。生产队拉大车往地里送粪，每次都由马三堂来驾辕。这活一般都由骡马来承担，可见马三堂的力气或许和一头骡马差不多呢。

马三堂能干，社员选他当生产队长。他生产队长当得很硬气，一马当先，重活累活干在前面，别人耍奸偷懒他也不客气："给集体干活出工不出力，怎么你家的自留地弄得那么好？"有一次过麦收，刚打好的麦子堆在麦场里，本来的大晴天忽然变了脸，雷声大作。马三堂一看："毁了，赶紧把麦子装袋子盖好。"大家七手八脚，拿着簸箕往麻袋里装，有一个人不实心干，每次只撮半簸箕麦子，马三堂急了，一把夺过簸箕，双手只一下就将簸箕插进麦堆里，将满满一簸箕麦子装进麻袋，没几下就装满一麻袋。马三堂边装边骂："都什么时候了，还耍滑，你家不吃饭啊！"

四

实行联产承包责任制后，生产队没有了，马三堂的队长自然下台了。马三堂的爹早已归西，兄弟姐妹都成家另过了，只有他和瞎眼的老娘相依为命度日。兄弟姐妹把伺候老娘的责任全推给马三堂，马三堂说：“你们有家有口有拖累，伺候老娘的事你们就别管了，只是老娘看病花钱大家得均摊。”

太阳照例每天从东边升起西边落下，白天，马三堂到地里种地，晚上就在漆黑的屋里抽半宿烟。除了他瞎眼的老娘病痛时偶尔放开嗓子叫几声，大多数时间家里是死一般的静，静得让人害怕，黑洞洞的家里，只有马三堂的烟锅偶尔亮出几点火星儿，一闪一闪像鬼火。

瞎眼的老娘过世了，马三堂也老了，他白天和村里人打打小麻将，赢输个十块八块他也不在乎，打发时间要紧。有一天突然传出消息，马三堂喝农药住院了。经过抢救，马三堂又活过来了，他醒来对他哥哥说的第一句话是：“你们救我干吗！我白受了罪，还糟蹋了钱。”

马三堂的妹妹在县城开着小服装厂，生意做得风生水起。他妹妹把他接到厂里看大门，每月给他1000多块钱还包吃包住，目的是让他有个着落。谁想到有一天警察给他妹妹打来电话，说他哥哥在马路上踅摸来踅摸去，要往汽车上撞。马三堂的妹妹指着鼻子数落他：“我把你接到这儿来，哪里对不起你呀？你还想走那条道。算了，我把你送回去，省得你死在我这儿让我背黑锅。”

马三堂两次找死没死成，也收起了寻短见的心，继续他白天打牌晚上抽烟的日子。春节拜年，有人和马三堂的哥哥说：“刚看到你弟弟了，他面色不正常，脸都膀了，明唧唧的。”马三堂的哥哥说：“他就那样。”

过了初一是十五，然后还有二月二，转眼就三月三了。三月三是个大庙会，庙会上唱戏耍猴耍把戏的，卖吃卖穿的一应俱全。马三堂的哥哥在庙会上转了一圈，看到春节前50块钱的二踢脚才卖15块钱，图便宜买了半布袋，以待下个春节放。晚上，马三堂到哥哥家串门，一进屋门被一个布袋绊了一下，他猫腰一摸，原来是半布袋二踢脚。马三堂心里一惊："莫非都给我买上炮了。"原来，马三堂自知有病，怀疑哥哥认为他时日不多，趁庙会买了二踢脚为他的后事做准备。

马三堂一句话没说，转身回自己家了，自此一病不起，没有几天就呜呼哀哉了。他哥哥误打误撞买的炮，还真的成了马三堂送葬的礼炮。

咚咔，咚咔。不知道马三堂的哥哥图便宜买的炮是不是上了当，在送葬的路上，人们抱怨炮的质量差，说二踢脚飞得不高，声音不厚实，听起来脆生生的。

六草包打坯

小时候，土坯房子大行其道，打坯自然成为一项重要的活动。每年秋天，生产队都会划出一块土质黏性比较大的地，让人们打坯。打坯前，要用水将土洇一下，过几天土的干湿程度正好的时候，就可以打坯了。

打坯需要四样必备工具和材料：打坯礴子、打坯模子、沙石板、草木灰。所谓打坯礴子，就是一块四棱体的石头，二三十斤重，上边一面中间有一个洞，洞里要楔入一个木把，然后在木把上端再安上一个横的柄。所谓打坯模子，是一个用枣木制成的方框，结构基本是两个部分，一个部分专门盛土打坯，用一个挡板和另一部分隔开，另一部分是用一个木制的卡子卡住模子两端的木块，以便打坯时模子不至于变形。打坯用的沙石板有1米来长、半米来宽、五六厘米厚，沙石板起码有一个面得很平，以保证打出来的坯底面平整。打坯的时候，沙石板要平放在地上固定好，上面放打坯模子，坯就在沙石板上打成。草木灰是做什么用的呢？在打每个坯之前，要将草木灰快速地撒在沙石板和打坯模子的各个角落里，以便土坯和模子能够顺利分开。说白了，草木灰就如同人们和面做饭时用的“补面”，起防止粘连的作用。

打坯需要两个人合作，以打坯的人为主，供模子的人为辅。打坯的人负责打坯、摞坯。这不仅需要技术，还需要体力，一般人难以胜任。

打坯时要掌握好节奏，一般情况是：嗵哒、嗵哒，嗵、嗵、嗵、哒、哒、哒，嗵、哒哒哒。

打坯的人双手提着打坯碡子上下翻飞，高低错落，高的时候碡子要到胸口以上，低的时候不超过膝盖，非常具有表演性和观赏性。供模子的负责为打坯的人摆好模子，在模子里撒草木灰、填土等。这个工作虽然处于服务位置，但绝对不轻松。不仅要备好土，还要利利索索地配合打坯的人将打好的坯取走，在打坯的人放坯的短暂时间里，手忙脚乱地完成摆模子、撒灰、填土等一系列工作。稍微一慢，就会窝工，就有可能受到打坯人的斥责。因为两个人一天打一垛坯是固定的工作量（一垛坯的标准数量是600个），打得快可以早点收工，打得慢再晚也得完成。打坯时往往是好几个组、好几垛坯同时开打，落在别人后面的不仅收工晚，还会落下“草包”的嫌疑。

老家人总结出了四大累人的体力活：出粪、打坯、拔麦子、拉犁。所以打坯是上了“名讲”的体力活，一般人不能胜任，也没有人愿意去干。不过为了吃一顿饱饭，有人宁愿出卖自己的体力去打坯。有一个人，肤色黝黑黝黑的，长得身高体壮，虽然名字叫作六草包，但干起活来一点也不草包，是出了名的打坯好手。有一次，他给别人家攒忙打坯，累了一天，晚上东家管大家吃饭的时候，弄了四碟菜，包括盐豆、麻辣白菜、白片肉、焖子之类。现在看都是普通得近乎寒酸的菜，但当时已经算是绝好的菜肴了。吃完饭，东家问他：“六草包，明天还继续干吗？”

六草包说：“本来招呼了一天，明天不想再干了，可是看到你家四碟小宝塔儿一般的菜，我又改变主意了，不然明天再麻烦你家一天。”

东家哈哈一乐：“好，好，好，明天晚上的饭菜还是这个标准。”

就这样，六草包在打坯累得不行的时候，决定第二天不再打了，一到吃晚饭时，看到比平时好得多的饭菜，就又改变主意，第二天只好"重复昨天的故事"。就这样在"打"还是"不打"的纠结中，度过了许多日子。

“一直拐”装傻

露天电影是20世纪六七十年代农村最隆重的文化活动。流行的外国影片有《列宁在十月》《列宁在一九一八》《瓦尔特保卫萨拉热窝》《卖花姑娘》，国产影片有《打击侵略者》《英雄儿女》《地道战》《地雷战》，等等。六嘎是个电影迷，别说在本村，就是外村，十里也好八里也罢，不管刮风下雨，都挡不住他“追逐”电影的脚步。

六嘎是个歪嘴，长着斑秃，一年四季蒙一个破毛巾。他看电影回来，问他“耍”的什么片子，他总是支支吾吾地说不上来。原来，别人喜欢在人少的地方坐下专心看电影，六嘎相反，哪里人多往哪里挤，而且故意往姑娘媳妇们的群里钻，心思没在电影上。《列宁在十月》中有一个镜头，列宁和瓦西里步行往攻打冬宫的指挥部赶，碰上前往抓捕列宁的部队，瓦西里身材高大，躲避在墙角，让矮小的列宁藏在身后。抓捕列宁的部队迷失了方向，向瓦西里打听路线，瓦西里故意指错方向：“一直走，往右拐，往右拐。”大家对瓦西里的机智沉着十分敬佩，就模仿他的口气：“一直走，往右拐，往右拐。”六嘎这小子也想模仿一把，脑子不灵光，却说成了“一直拐，一直拐”。就这样，“一直拐”成了六嘎的绰号。

别看一直拐模样一般，晚上喜欢到“留守”妇女家串来串去，帮着女人干活，陪着人家说话，时间长了女人都不把他当外人。有一次，我和一直拐到河里给生产队的牲口割草，他和我说："男女在一起，男的只要不动歪心眼，就不会得罪女人。"

后来，一直拐破罐子破摔，今朝有酒今朝醉，明日愁来明日愁。他看村里的光棍生前辛辛苦苦、省吃俭用，老来晚景凄凉，认为自己将来也不会有好结果，他的生活态度和日常行为发生了很大变化。

他和弟弟伙着干活，常常一个锅里搅勺子。他高兴了，该干什么干什么，不高兴了就不干。有一次，他弟弟让他去看畦浇地，他说："那你得给我买个鸡腿、一瓶啤酒。"他弟弟说："看你又想挨打了，不去不行，快去！"一直拐脖子一梗："你让我去我就去啊？我光棍一个，将来什么东西还不都是你的，我有什么啊？"他弟弟没法，掏出10块钱扔给他，说："再耍滚刀肉，踹你两脚。"

一直拐拿了钱，买了鸡腿、啤酒，带着到地里，边吃喝边看畦。

一直拐自己有5间砖房，觉得死后房子留给别人太亏，想把房子卖了。他弟问他："你卖了房子住哪儿？"一直拐说："卖了才能落在我手里。"他弟说："卖的钱花完了怎么办？"一直拐说："钱花完了我就挂了。"一直拐把房子以3000块钱卖给了别人。

"我王老五一辈子也没有见过这么多的钱。"一直拐觉得有了一笔巨款，除了吃喝，他还找女人，女人看他有了钱，都哄他。吃喝嫖赌，3000块怎经得起折腾，没几天他又成了穷光蛋。

房子没了，钱也没了，一直拐并没有如他所说的"挂了"。他借住在邻居家，也在邻居家蹭碗饭吃。时间一长，他觉得这不是长久之计，时不时流露出"挂了"的意思。邻居听说了，逼着他搬离自己的家。邻居说："我不能让他在我家住了，万一哪天他在我家挂了，我岂不是倒了八辈子霉？”

一直拐没有地方住了，在承包的地里用砖垒了一个方格子，一人多高，上不封顶，在一个角上铺了些玉米秸，晚上就在里边睡觉。人们说，一直拐睡觉肯定不憋得慌，自然风，也不孤得慌，有星星月亮做着伴呢。冬天到了，村干部觉得他可怜，给他在乡里申请了600块钱的困难补贴，让他买点材料，把房顶搭上。这小子可好，拿了600块钱，觉得又有钱了，花了百八十块买了石棉瓦，搭在他睡觉的上方的一半房顶，另一半房顶依然露天。剩下的钱，他买了酒菜，找相好的女人吃了两顿就没有了。

一直拐后来不干活，他找到了“快速挣钱法”——偷。偷潜水泵、电线电缆、猪、羊，能偷什么就偷什么。他看到一家院子里有好多废铜烂铁，在一个风高月黑的夜里，将这些废铜烂铁偷走卖了钱，买了酒菜。具有讽刺意味的是，他居然还请来了废铜烂铁的主人一起来参与吃喝。主人怀疑废铜烂铁是他偷的，但没有证据，只好在一片狐疑中尴尬地和他碰杯，述说乡党间的友情。

春节就要到了，人们都在热火朝天地准备年货。一直拐的弟弟想起有好几天没有见到哥哥了。到他住的地方一看，一直拐早已呜呼多时了，身体都冻僵了。

一直拐的弟弟给他张罗了后事。在埋好坟头、大家即将散伙回家时，一直拐的弟弟指着坟头数落道：

“好了，这会儿你安生待着吧。装点子傻，一辈子不闹个正经的。”

人们嘻嘻哈哈地回家赶紧准备过年了。

八成吃饱墩

在城市的街道，偶尔会遇上残疾人在吹拉弹唱，或一人或夫妻，有自拉自唱的，也有一人拉一人唱的。他们的表演水平不高，行人感叹他们生存不易，会在他们面前的盆子或纸箱子里放上面额不大的钱币。有人说他们是“街头艺人”，名字挺好听，其实和几十年前的瞎子戏是一样的，只不过他们得到的是现钞，瞎子戏挣的是一口热乎饭。

大老黑常到我们村唱瞎子戏。

大老黑来的时候，肩上斜挎着油嘟嘟的帆布包，里边装着小鼓、竹板、呱嗒板，左手提着一把二胡，右手拿着一个“下端开了裂”的破竹竿，嘟、嘟、嘟地摸索着向前走。他一进村，就有小孩拉起那“下端开了裂”的破竹竿，送他到一个老光棍的家里。

午饭、晚饭时分，大老黑盘腿坐在十字街老槐树底下的辘轳井的井台上开始演出。大人小孩端着碗，在老槐树旁边的大土堆上，或蹲或坐，错落地围在一起，边听瞎子戏边吃饭，回家盛饭时也顺带给大老黑盛一碗。他们觉得大老黑比讨饭的懒汉强，“卖艺”养活自己，不丢人。

唱瞎子戏挣饭吃有一个“潜规则”，饭再少不能张口要，饭多也以吃饱为限，不能留着下顿吃，所以饥一顿饱一顿是肯定的。为了少挨饿，对人们端给他的饭，大老黑一律“彻底吃干净、全部消灭”。不论吃多吃少，问他吃饱没有，他从来不说吃饱了，总是回答“八成吧”，意思是还能再吃点。为此他得了个绰号：八成吃饱墩。

八成吃饱墩能吃，瞎子戏也能唱。他演出水平一般，却是全能选手，快板、丝弦、说书，样样都能来一段。三侠五义、杨家将、岳飞传，都能说上一番。秦叔宝、程咬金、黑旋风、金兀术，个个形象生动，活灵活现，又总有“且听下回分解”一说，所以好多人一场不落，八成吃饱墩的瞎子戏比鲁迅笔下的群玉班境况强多了，从来没有出现过“台上群玉班，台下都走散，连忙关庙门，两边墙壁都扒塌，连忙扯得牢，只剩下一担馄饨担”的景象。

不知道从什么时候开始，八成吃饱墩再也没来唱过瞎子戏。人们围坐在村里唯一的黑白电视机前看《血疑》，说这电视节目比八成吃饱墩的瞎子戏好多了。有人说有了电视，没人听瞎子戏了，八成吃饱墩八成是饿死了；有人说八成吃饱墩八成是分了承包地，在家种地呢，打的粮食都吃不清，谁还唱瞎子戏啊！

每当看到城市的“街头艺人”，我总会想起当年的瞎子戏，想起八成吃饱墩。

老红姐

老红姐长着一头黄漂漂的头发，皮肤总是皱皱巴巴的，脸色白中带黄，嫁到村里时间不长，就有嘎小子给她起了个外号——白皤枣。这外号很快就在村里流传开来，好多人光知道白皤枣，不知道老红姐。

白皤枣娘家离我们村5里地。她没有爹娘，娘家只有一个半傻子哥哥。她哥哥经常背着粪筐来找她，在她家混口饭吃，时间一长，她丈夫烦了，他哥一来，轻则呵斥，重则打骂，吓得她哥不敢直接到家里来，经常在村边转悠，一边转悠一边拉着长声喊叫："小妮子啊你在哪儿啦？小妮子啊你在哪儿啦？"白皤枣听见了，就偷偷给她哥送两个饼子吃。

白皤枣魂不全，仨俩数分不清，自己多大岁数也不知道。常常有人故意逗她："红姐，你今年多大岁数了？"每次她都支支吾吾地说道："啊，老了。哦？对了，我属小龙呢，就是，你知道，我属小龙哩。"生产队分粮食拿号排队，她拿了号往家走，还热心地告诉别人："快去吧，拿号呢，要不就耽误啦。"别人问她："你拿了？多少号？"她低下头加快脚步走，一边走一边小声咕哝着："多少号？哦，谁知道，反正可近呢，对了，我的号反正可近呢。"

白皤枣家里养些鸡啊，兔啊，猪啊，鸡蛋攒多了，兔子长大，猪长肥了，就弄到集市上卖。有人来买，谈好了价格，称了重量，最后算多少钱的时候，她不肯说自己不会算账，躲在一边拿个小木棍在地上画来画去。一会儿，就问买家，多少钱，买家让她先说，她就是不说，执意让买家先说。买家说："4块8毛5。"白皤枣把眼一立，拧着脖子说："不对不对，你再算算，4块8毛5，肯定不对啊。"买家没法，就再算一遍，说："怎么不对啊，我重新算过了，就是4块8毛5。"白皤枣在一边装作重新核算的架势，末了眨几下眼，说："哦，原来就是4块8毛5，我刚算错了。给钱，4块8毛5。"

村里家家户户安着小喇叭，广播站每天定时广播。白皤枣听了天气预报，出来和人们说，喇叭里广播了，今天放碗前后有雷阵雨。有人笑她，说不是"放碗"是"傍晚"，可她并不觉得自己有什么错，说："还不是一样啊，吃完饭放碗的时候，不就是傍晚吗？"她还说："咱们吃的山药都上了喇叭了，喇叭里有新闻和山药节目。"原来，广播里说的是"新闻报纸和摘要节目"，她把"摘要"听成了"山药"。

白皤枣对丈夫傻亲。做好饭，盛上一大海碗，一手端碗一手提一个小板凳送到丈夫跟前："给给给，坐下吃吧。"一只脚踢着把小板凳塞在丈夫的屁股底下，双手把饭送到丈夫的手上。白皤枣一生没有生育，她家里总有一种难以名状的气氛，她和丈夫在院子里干活，悄无声息，如幽灵一般。

几十年来没人见过白皤枣家来亲戚，她丈夫死后，有亲戚到她家来看她。对此人们很吃惊——居然有人来看白皤枣了。

白皤枣有心脏病，平时兜里带着速效救心丸，有一次她在街里突然发病倒在地上，和她一起聊天的几个老太太从她兜里掏出药来放她嘴里几粒，她又缓过来了。有一天，她到村里小药店里买速效救心丸，药店没有开门。也是合该出事，这天晚上她睡下就再也没有醒过来。

有人叹息："哎呀呀，如果头天她买了药，兴许还死不了。"也有人说："死就死了吧，活着有什么意思呢？"还有人说："死的时候没有受罪，也是前世修来的福呢。"当天，白皤枣丈夫的侄子，买了一口四处漏风的棺材，打发死去的猫狗一般，俏无声息地把她下葬了。

白皤枣丈夫的侄子赙受了她的宅院，很快把旧房子进行了翻盖。

半口气

有一句话说得好：女人有虽美而不足观者，有虽不美而可观者。

她，个头矮矮的，瘦瘦的，仿佛一阵风就能刮走。她五官长得都很一般：眼睛不大，单眼皮；鼻梁不算平铺塌，但也够不上通秀高挺；脸盘不圆，但也没长成瓜子脸。但她的眼睛、鼻子、嘴分布得法，位置关系十分微妙，让人看了舒服，属于“虽不美而可观者”。她的表情纯朴安详、诚恳善良，配上病恹恹的状态，让人不由生出几分爱怜。

她从小爱闹病，一闹病就好不了。一入秋就开始咳嗽，厉害的时候，嘴唇甚至整个脸都憋得紫红紫红的，直到第二年天气转暖，咳嗽才会慢慢结束。她常常双手搂在胸前，蹲下来缓半天气，才能站起来。她走路一快都呼哧喘气的，所以她都是慢慢悠悠的，脚步轻轻的。坏小子们给她起了个外号——半口气。

她爹娘很为半口气发愁，提起她来就说：“真是个愁魔。”那时人们生活条件差，爹娘不会带她到医院看病。活就活着，死了就埋掉。

上学时，老师不让她上体育课，严禁同学们和她打闹，同学们也躲她远远的。半口气心脏有病，脑子却很聪明，学习成绩蛮好。不过在那个特殊的年代，学习成绩好并不能解决什么问题，加上她整天病恹恹的，早早就辍学了。

半口气辍学后，在生产队看秋、看庄稼，干一点力所能及的活。她力气没有，说话还是很有水平的。一个坏小子开她玩笑说：“唉，半口气，你知道吗，这几天我饭量可小了，吃饭只能吃一小碗。”半口气的爹叫石小碗。半口气一听不是好话，说：“你总说吃得少、吃得少，你就是吃得多也吃不了两大篮呀。”坏小子的爹叫梁大篮。话音刚落，在场的人哈哈大笑。坏小子自取其辱，搬起石头砸了自己的脚，无趣地走开了。

人们说半口气命不好，能勉强活着就不赖，谁也没料到半口气长大后，找了个帅帅气气、憨憨厚厚的丈夫。父母说她是个愁魔，女婿却说她是宝贝。她嫁过去后，女婿好吃好喝供着，不让她干活，不惹她生气。医生明确告诫她不能生孩子，说心脏承受不起妊娠期间的负荷，怀孕有生命危险。半口气就是不听，说丈夫对我这么好，豁出命来也要生个孩子，5年下来连生两个，一儿一女。这样一来她在婆家如功臣一般，待遇更好了。

半口气在婆家享受着“国宝级”待遇，生活悠哉游哉，身体似乎也好了许多。他爹娘也不说她是愁魔了。然而天有不测风云，人有旦夕祸福。她的保护神丈夫，出去打工居然被电死了。

真是塌了天了！

半口气爹娘又恢复了凄惶的心态，唯恐有个三长两短，常常住在闺女家伺候。愁魔回来了，加上两个嗷嗷待哺的幼崽，比原来更愁。然而吉人自有天相，半口气有一个大伯子，40多岁的老光棍。半口气丈夫死后，公婆想让半口气嫁给他，一来儿子娶个媳妇，二来孙子和孙女有个依靠，三来财产不落外人手。这事一经捅破，半口气、她大伯子、爹娘都觉得是个好办法。半口气爹娘说：“你要娶我闺女，必须得对她好，不对她好就别娶。”半口气的大伯子胸口一拍：“放心大娘，俺老五（半口气前夫）待她好，我会待她更好，你们等着看好吧。”

当地风俗，姐妹俩可以嫁兄弟俩，但兄弟俩前后娶一个女人的事有点别扭。不过，别扭是别人看着别扭，半口气不别扭就行了呗。这也许就是生活吧。

后来，她大伯子还真履行了诺言，对半口气的好，甚至超过了她前夫，对两个孩子也视如己出，都供着上了大学。儿子娶了媳妇，在石家庄市买了房子。闺女招了女婿在家，帮着半口气两口子安度晚年。

人们都说半口气身体不好，命好。

大粗腿

汪曾祺笔下有个人物叫瞎王全，是农业科学研究所里喂牲口的好把式，他会和牲口说话，而且絮絮叨叨没完没了，赶车上坡不用鞭子打马，嘴里嚷着“喔喝！喔喝！咦喔喝”。瞎王全说马无夜草不肥，晚上不能贪睡，要一把草一把料地勤倒勤添，搁上一把草，添上一把料，有菜有饭的，它吃着香。还说牲口吃了黑豆，长膘长劲。他发现新饲养员王升偷牲口的料豆，还在料槽里摸出了一个铁钉，怒不可遏，把王升一顿胖揍。憨憨的瞎王全真是可爱得紧。

看了瞎王全的故事，我想起了大粗腿。大粗腿身材高大，左腿有毛病，膝盖和小腿疙里疙瘩，看上去比另一条腿粗一圈，走路一瘸一拐的。大粗腿不苟言笑，耿直刚烈，不说正事不开口，开口不说闲淡话。

大粗腿有个弟弟，哥俩从小没有爹，他娘把他们拉扯大。

大粗腿是个老光棍，他弟当了兵，回来给他娶了弟媳妇。

大粗腿腿脚不利索，生产队有几十头牛马骡驴，队长安排他喂牲口，昼夜住在牲口圈。牲口和他昼夜为伴，消除了许多寂寞，况且他一人吃饭全家饱，住在牲口圈里不担心饿坏家里的小板凳。

喂了十几年的牲口，大粗腿成了喂牲口的行家里手，他对牛马骡驴的习性非常熟悉，牛马骡驴对他也十分顺从。一些刚买回来的牲口，开始学干活时入不了垄，别人没办法，大粗腿一到，不知道是咋回事，那些对别人又踢又咬又尥蹶子的牲口，就会温顺听话起来。还有那些没有钉过掌的马，给它钉掌总是大费周章，弄不好还会伤人，大粗腿一到，拍拍它的脸，捋捋它的鬃毛，蹲下来，拍拍它的蹄子，马就乖乖就范了。

生产队养着三头驴，两头叫驴、一头草驴。俗话说：一山不容二虎，一个桩栓不了俩叫驴。那两头叫驴整天为那头草驴争风吃醋，只要缰绳一松开，两头叫驴就得打斗一番。这时候，别人都不敢近前拉架，但只要大粗腿把鞭子一扬，两头叫驴就会相互尥蹶子踢一下，乖乖回到棚子里了。

因为这些事，有人和大粗腿开玩笑："你肯定是牲口转世的，不然牲口怎么和你一条心呢？"还有的说："大粗腿是属驴属骡子的，要不驴和骡子能听他的话？"

生产队在内蒙古买了一批牲口，其中一匹黄马，长得腿长脖子长，两只眼睛始终是警惕的目光，稍有风吹草动，它或后腿直立、长声嘶鸣，或四蹄腾空、围着牲口圈跳跃奔跑，到处冲撞。这匹马身材好，是花了大价钱的，但是从来没有上过套，因为无人敢近前。小孩子们说这是一匹惊马。大人们有的说这是一匹野马，有的说这是一匹头马，还有的说这是一匹千里马，不会如普通马那样去任人摆布。这种说法似乎与韩愈《马说》中的"欲与常马等，不可得"的说法相暗合。对于这匹疑似千里马，大粗腿试了几次，所有的经验都用上了也没有效果。

有一天，大粗腿放出话来："能把它套上车就套上，不能套上我就废了它。"大粗腿提着鞭子，瘆着个脸，一瘸一拐地向疑似千里马走去，疑似千里马惊恐万状，后腿直立起来，长声嘶鸣。这时，只见大粗腿挥动鞭子，狠狠地抽过去，鞭梢打在马的耳根儿，"啪"的一声，疑似千里马应声倒地，眼睛惊恐怨恨地瞪着大粗腿，四肢痛苦地抽搐着。大粗腿扭头返回，人们看到大粗腿眼睛里满含着泪水。疑似千里马倒地后就再也没有起来，几个小时后居然死去了。人们说马肉不能吃，吃了会犯旧病，怀着复杂的心情把疑似千里马埋掉了。

改革开放后，生产队散架了，再后来，人们种地机械化了，一些不辨菽麦的孩子们，恐怕也只能在《黔之驴》中或者酒店的全驴宴中去了解毛驴了。大粗腿没有了用武之地，兼之上了年纪，腿疼的毛病越来越厉害，走路都很吃力了。

大粗腿的弟弟对他不错，承包地弟弟给他种着，打的粮食全部给了大粗腿。他弟媳开始有意见，和他弟弟闹别扭，说："你孝敬哥哥比别人孝敬爹娘还尽心哩。"他弟弟说："你别闹了行不行？又不让你孝敬，你喳喳什么哩？"

大粗腿在弟弟的照顾下，凑合着活了几年，一天晚上睡觉后再也没有醒过来。

小脑袋子

连山个子长得很高，估计超过一米九，这在今天是让人羡慕的好事，但在20世纪六七十年代的农村，却不符合人们的审美习惯，说他像个打枣竿子。连山脑袋不大，又尖，和他那高大的身材配在一起，显得更小了，人称小脑袋子。

小脑袋子家庭条件不错，有五间砖房、两节大院，前节院子里有一口辘轳井。小脑袋子是独生子，若不是婚姻法一夫一妻制的规定，这样的条件，没准能弄个三妻四妾的。谁也没有想到，小脑袋子只有过一次短暂的婚姻，最终落个差点无人收尸的下场。

小脑袋子年轻的时候，娶了一个漂亮的媳妇。媳妇跟他过了一二年，没有生孩子的迹象，有人问她怎么还不要小孩，她往往不予回应，遇上高兴，会神神秘秘地和人说上一通。小脑袋子没有通过生个孩子这样的实际行动证明一下自己，倒是他媳妇用离婚对传闻给予了十分有力的注脚。小脑袋子的婚事被判了死刑。

有一年，小脑袋子娘的外甥女——小脑袋子的表妹来到他家，原因是生了三个闺女，为了生儿子又怀孕了，住到他家躲避起来，演出了一幕现实版的《超生游击队》。表妹在他家等待分娩的日子里，和小脑袋子的娘有一个口头协议：生了儿子带走，生了闺女，给小脑袋子作养女。

那段时间里，小脑袋子的娘为伺候等待分娩的外甥女没少花心思，但是她和外甥女是两个满拧的心眼儿，一个盼着生儿子，另一个盼着生闺女。为了实现自己的心愿，小脑袋子的娘背着人到庙里烧过好几次香，祈求菩萨保佑她外甥女生个闺女。不知道是不是感动了菩萨，外甥女果真生了个闺女。

真是几家欢乐几家愁。闺女一落地，小脑袋子的表妹就因失望晕厥过去了，没出月子，就把孩子留给小脑袋子的娘，自己走人了。小脑袋子的娘倒是欢天喜地，没有儿媳妇却有了孙女，如同得了宝贝一般，给孙女起名宝慧。这样一来，小脑袋子的娘算是有了事干，天天辛辛苦苦，喂奶粉，洗尿布，白天捧在手上，晚上揽在怀里。有人和她说："看你命好的，有孙女了。"她也不笑，只将眼睛上下一翻，嘴一瞥："别提了，有了孙女，我当孙子了，天天伺候这个小祖宗。"

小脑袋子家的光景本如日头东边升起西边落下一般单调无聊，有了宝慧，这个死气沉沉、空空荡荡的院落平添了几分活力和生机。天有不测风云，小脑袋子的娘有一天感觉身体不舒服，村里的医生给她输液，一瓶液没有输完，小脑袋子的娘居然一命归西了。小脑袋子的娘走了，小脑袋子的爹本来身体就不大好，经不起这打击，躺在炕上一病不起，时间不长也"终于日重一日地亡故了"。

这下，小脑袋子只好单独担负起抚养养女的责任，千辛万苦之后，宝慧终于长到了十七八岁。宝慧上学成绩一般，初中毕业后不上学了，到外面打工，其间和一个有妇之夫有了来往，时间一长，竟然和人家同居不回家了，把小脑袋子的养育之恩全部抛却，通知也没有通知一声就没影子了。小脑袋子四处打听寻找，功夫不负有心人，终于见到了宝慧："小慧小慧，你怎么不回家啊？"宝慧看到养父，赶紧坐到男人的三马车上，挥着手说：“爹，你别找我了，我不回家了。”三马车扬长而去。

小脑袋子失望地回到家里，继续他天黑睡觉、天亮起床、饿了喝粥，渴了喝水的生活，不知不觉中，50多岁的年纪如同七八十岁的老头一般了，不上60岁就呜呼哀哉了。临终前，他呼唤着宝慧的名字，让她回来看他一眼。乡亲们想办法通知了宝慧，在宝慧回来前几分钟，小脑袋子却闭眼归西了。

人们都怪小脑袋子不争气，说他临死前为见宝慧，那口气挺了这么长时间，就差几分钟也没有挺住。

宝慧给小脑袋子处理了后事，把能搬走的有点价值的东西都装车拉走了，院门一锁走人了。再后来，宝慧把小脑袋子的宅院4000块钱卖给了乡亲，再也没有回过这个村子。

张过秤打光棍

《静静的顿河》里有一句话：生活总是用自己不成文的规则支配着人。不知道张过秤触犯了规则的哪一条，被“支配着”打了一辈子光棍。

张过秤本名栓堂。他是生产队的保管，生产队分粮食时，会计记账，栓堂过秤。公社派来的工作组组长到村里来，记住会计和栓堂都姓张，喊会计叫张会计，喊栓堂叫张过秤。人们觉得挺新鲜，改口叫栓堂“张过秤”了。

张过秤身材匀称，紫糖脸儿，大耳朵上的肉厚厚的，带着福相。张过秤男子气十足，说话声音洪亮，笑的时候都是仰着脖子哈哈大笑，显得十分爽朗，还会露出整整齐齐的牙齿。他的牙齿白中带黄，门齿相邻的几个牙，宽度相当、厚度又大，显得很结实。看到他仰面大笑，我就想，又不吃干草，怎么长一排和驴一样的牙齿。

张过秤当保管，是生产队炙手可热的人物，人们都会高看他几眼。我感到神奇和羡慕的是，张过秤屁股后面挂着一大串大大小小的钥匙，走起路来哗啦哗啦响，需要开库房门的时候，总会很麻利地从众多钥匙里找出需要的那一把，从来不出错。张过秤到粮站交公粮，回来后和大家讲：“粮站的会计文化水平就是高，开单据时把7写成了1，人家根本就不用把这张单据废了，拿着钢笔在那个1上只一勾，就改好了。”张过秤如此精明之人，对这种理所应当的小事，为什么感到如此神秘？

张过秤是村里的能人，40多岁成了红白喜事的管事人，不管给谁家管事，都会按照东家的经济实力，烟酒菜准备什么档次、花多少钱，安排得恰到好处；张三烧火、李四上菜、王五放炮，也是指挥若定。在手工缝制衣服的年代，他无师自通地学会蹬着缝纫机做衣裳了。我比他小好多，本来够不上和这么“高级”的人说话，我却异想天开地请他为我做一条深色粗布裤子，他居然痛快地答应了。他时而用皮尺给我量这量那，时而将皮尺挂在脖子里，让我好生羡慕。那是我人生第一次穿缝纫机做的衣服，走路时双手插在裤兜，上厕所不用解腰带，心里美了好几天。

实行家庭联产承包责任制后，生产队没有了需要保管的财产，张过秤自然“下野”了，他当起了破烂儿王，骑个破车子，拿着拨浪鼓子嘣噔嘣噔地走东村串西庄，零花钱赚了不少。

按说，张过秤这样响当当的头面人物应该能娶上媳妇。他年轻时有过两三次绯闻。有一个事传得有鼻子有眼的，说一个姑娘想嫁给他，和他一起在地里干活，俩人说到结婚的事，张过秤犹豫不决。姑娘倒是个爽快人，把铁锹往地里一戳：“你同意不同意，同意咱现在就到公社领证去。”张过秤在这关键时刻，居然失去了男子汉的气魄，他退缩了：“我怕你爹，怕你哥哥。”

姑娘一看稀泥扶不上墙，再也不理他了。

张过秤年龄越来越大，偶遇一个小活头想嫁给他，条件是他须入赘到女方家里。那女的长得好，性格温柔体贴，一心一意想和他共度后半生。张过秤在小活头家住了几天，感觉自己四五十岁的人了，入赘当女婿，实在不习惯，也就作罢了。

张过秤的本家叔叔指着他的鼻子说："关键时刻你总往后出溜。你打光棍，你打光棍，你活该。"

后来村里多了一个使用频率很高的歇后语：张过秤打光棍——活该。

王兰虎

王兰虎的出生是他爹娘的一时失误，因为他已经有了3个哥哥。家里穷得叮当响，又来一个儿子，爹娘更是愁上加愁。

王兰虎不受爹娘欢迎，五六岁的时候，经人撮合，爹娘决定把他送给山沟里一个老光棍。他娘骑车子50多里路，把他送到了老光棍家，王兰虎懵懵懂懂，不知道娘为什么把他送到这儿来。他娘走的时候他扯着娘的裤腿不让走，他娘几次拉开他的手，他几次又抓住。老光棍说："小子，看到没有，梨树上的梨马上就熟了，熟了都让你吃了，就跟着我吧。"王兰虎不听，抱着他娘不让走，他娘用腿拖着他走了一丈多远他还不撒手。他娘动了恻隐之心，流着泪又把他带回了家。这一趟，连累带上火，他娘竟然一病不起，时间不长就撒手人寰了。

他娘一死，这个家庭就陷入了混乱。他爹泥里来水里去，累死累活挣口饭吃。有一次，王兰虎实在饿得受不了，六七岁的他自己想烙个咸食吃，个子小，锅台够不着，爬上去蹲在锅台上面烙，可怜的小小王兰虎，不小心栽进了大锅，脸上被烫了一个大燎泡，几十年后疤痕犹存。

当时人们穿衣靠手工缝缝补补，王兰虎十三四岁的时候，一条破夹裤破得不能穿了，他拿着一块布找到他婶子："婶子，你帮我在裤子上打个补丁吧。"他婶子说："好你个臭小子，这样没有眼色，看不见我整天忙得不行啊，哪里顾上给你打补丁？”补丁没给补，还挨了一顿骂。王兰虎吃惯了白眼，但从婶子家出来，眼泪还是不由自主地流了下来。

虽然缺吃少穿，王兰虎还是慢慢长大了，巴巴结结的，娶了一个媳妇。这媳妇会说话，能办事，只有一个缺点——斑秃，人称秃子。秃子来了后，整天忙忙活活，该做饭做饭，该洗涮洗涮，该缝补缝补。王兰虎家也总算有了家的样子。

王兰虎和秃子生了两个闺女，大闺女考上大学了，家里没钱出学费。人们看他家没有任何希望，也不肯借钱给他家。秃子没办法，找到了她姨，她姨家的几个表哥都有钱。她姨说：“闺女，我老了，做不了你表哥他们的主，我有2000块钱，你拿去让孩子花吧。”

2000块钱怎么够交学费？她闺女只好撕烂了录取通知书，放弃了上学的念头，跟着爹娘下地干活去了。

因为这件事，秃子想，得让王兰虎挣点钱，万一二闺女也考上大学了，没有学费，还不得和大闺女一个结果吗？于是托人在外地的煤矿给王兰虎找了个下煤窑的活，每月挣几千块钱，王兰虎一家似乎看到了希望。一天早晨，王兰虎和秃子电话里说：“晚上做了个梦，有两只老虎围着我要吃我，我被吓醒了，现在还害怕哩。这下煤窑的事，脑袋在腰带上挂着，干完这个月领了工资我就不干了。”

王兰虎打完电话就下煤井了。谁也没想到，就在这一天，他被两辆失控的采煤车挤住了，活生生把他挤成了肉饼。

王兰虎、王兰虎，前世今生，你欠了谁的？

死轴车　一根筋

大晚来出生时他爹60多岁，人称“晚瓜蛋”。晚瓜蛋脾气犟，说话办事没有半点活泛劲儿，绰号“死轴车”。死轴车年轻时家里穷，打了半辈子光棍。有人在路上捡了个魂儿不全的女人，交给他当了媳妇。这女人魂不全，生理却健全，时间不长就给死轴车生了儿子，起名黑货。黑货两三岁的时候，死轴车媳妇出门走丢了，死轴车找了几次也没有找到，说：“算了，不找她了。她走了我伺候儿子一个人，找回她来我得伺候她娘俩儿。”就这样，死轴车又当爹又当娘地把黑货拉扯大了。

黑货那可得说真是他爹的儿子，脾气比死轴车还轴。形容一个人死心眼儿，往往说不撞南墙不回头，黑货是撞了南墙也不回头，非得一条道走到黑，得绰号“一根筋”。这父子俩在一起生活，吵起架来往往一两个月都解不开。最有意思的是，有一次死轴车和一根筋吵架了，俩人谁也不服谁，一根筋一气之下要寻死，跳进了村南的大口井里。死轴车一看，好你小子，把你养大翅膀硬了，敢跳井了。你敢跳难道我不敢跳？紧随着一根筋，“嗵”的一声也跳进井里。父子俩跳井寻死，可惜水太浅，水只没到了他们的腰间。死不成也不算完，父子俩在井里对着面，继续吵他们的架，像两只斗红了眼的公鸡，没有半点缓和的迹象。

乡亲们纷纷跑来救人，绳子系到井里，想拽他们上来。死轴车看看一根筋，和井上的人说："他不上去我也不上去。"一根筋翻着白眼看了他爹一眼，不屑地说："他不上去我也不上去。"

就这样，父子俩在井里摽上劲儿了，谁也不让救。乡亲们一看，这哪儿行啊。死轴车的一个长辈想出了一个主意，对着井里死轴车父子俩说："你们不上来是吧，好，乡亲们，现在咱们把井填了，给他们活埋了。"说着就往井里扬灰尘，直把死轴车父子俩呛得受不了，大家才七手八脚把父子俩捞出来。

一根筋爱和人抬杠，人们说他是个"死杠头"。一根筋在乡亲中间辈分低，每次到街里，都会因为和人抬杠被骂上一顿。有一次，他本家一个叔叔说他："你不能改改毛病啊，出门少说话，别总给你爹娘挣骂了。"一根筋说："你也别训我，我和你打个赌，从今以后我在街里不说话了，看他们还怎么骂我？"说完，一根筋出了门，嘟噜着个脸，倒背着手，雄赳赳气昂昂地走在街里，见了人眼皮抬也不抬。人们觉得纳闷儿，有个老太太看他一反常态，不知道怎么回事，说："今天你这是咋啦？"

话音未落，一根筋一屁股蹲在地上："说话挨骂，不说话也是挨骂。我的娘啊，没法活了。"

一根筋四十来岁娶了个寡妇，寡妇不能生育，针线活基本不会做，还有点二糊。有一年，丈母娘来到一根筋家，给一根筋做了一件夹袄，一根筋穿上大小正合适。丈母娘和她闺女说："以后你就比着这件衣裳做吧，大小正合适。"一根筋媳妇说："那他以后就不长了吗？"听了这句话，气得丈母娘无可奈何："说你傻你就是傻，他40多岁了，除了长点皱纹还能长什么？"

一根筋媳妇傻是傻，但不和"一根筋"抬杠，从这个意义上说夫妻俩也算般配。夫妻俩稀里糊涂过了20多年，在一个初冬的夜晚，煤气中毒双双升了西天。

一把黄土埋了一根筋夫妇，人们都说他俩结局挺好，没有受罪，在不知不觉、不痛不痒中死去是一种福气呢，还不给乡亲们多添麻烦，只用了多半天就把两人的事了结了。

爹不是亲爹，奶奶也不是亲奶奶

革命京剧样板戏《红灯记》李奶奶痛说革命家史一幕，里边有两句台词："你爹不是你亲爹，奶奶也不是你亲奶奶。"这是"文艺"里的故事，是真是假没必要认真，且看现实生活中没有血缘关系的一家人。

军路是独生子，上面有五个姐姐。他的出生，完全是父母执意要生儿子的结果。他给爹娘带来了无限的宽慰和希望，爹娘给了他无边的溺爱和娇惯。他三两岁模仿大人抽烟，还像模像样，爹娘觉得好玩，竟说他有男子气概，长大必有出息。他10多岁学会喝酒，再后来，天天不弄二两不吃饭。成人后，烟酒的瘾头更大了。

军路刚满18岁，父母就给他娶了媳妇。结婚后，媳妇限制他吸烟喝酒，看到他的烟酒就没收，军路就和媳妇打起"游击战"。烟瘾上来了，偷偷把烟装到兜里，说到地里干活去，在地里过足了烟瘾再回家；酒瘾上来怎么办，他将酒瓶子台（老家话的意思是"藏"）到茅房的墙缝里，借去茅房之名偷偷喝几口。不久被媳妇发现，媳妇气得没办法，在村里给他张扬，说他把酒台到茅房里，喝酒就到茅房里喝。一帮坏小子觉得挺好玩儿，说军路喝"茅台"，即茅房里"台"的酒。

不知道是命中注定还是烟酒太多伤了身体，军路26岁在地里干活时突发心脏病一命呜呼。

军路是个烟鬼加酒鬼，却是维系家庭最关键的一环。他死了，家里就等于塌了天。一双儿女成孤儿，年轻媳妇成寡妇，爹娘晚年无依靠。日子可怎么过啊?

最难的是军路的爹娘，加倍干活之余，还得用心笼络儿媳妇，生怕正值妙龄的儿媳撂下一双儿女，抬脚嫁了人，剩下老的老、小的小，累不死也得愁死。

儿媳妇的爹和闺女说："人家儿子死了，家里老的老、小的小，你要嫁人走了，人家就算家破人亡了。我想让你给他家招个女婿过日子。"这个设想闺女没有反对，军路爹娘无奈，也表示同意。就这样，这个家里增添了新成员——张三五。

张三五"嫁"来了，村里人说，这个家里就他是个外人。未来的日子能不能过好，都为军路爹娘捏把汗。

张三五刚"嫁"到军路家，军路的爹娘接受不了，看到张三五和儿媳妇说说笑笑、打情骂俏，军路的娘不是发脾气，就是给脸色，要不就是淌眼泪。军路的爹想来想去开了窍，暗暗劝军路的娘："咱儿子没了，人家能来咱家不容易，这是帮咱家啊！没有人家，咱家不得散了架吗?孙子是咱的，孙女是咱的，人家给养着，人家图什么啊?咱得高高兴兴的，不能让人家觉得外道。"

张三五打了30多年光棍，"嫁"到军路家，接替了军路的角色。虽然迫于无奈，但没把自己当外人，对待媳妇比军路还好，不抽烟不喝酒，媳妇十分满意。他对待军路爹娘，称呼叔叔婶子，总是毕恭毕敬，孝敬顺从。为了让军路爹娘放心，张三五明确表态，不再生育自己的后代，一心一意抚养军路的一双儿女。两口子一起种地、养牛、打工，日子过得顺顺当当，两个孩子也争气，都考上了大学，找到了称心的工作。张三五为人实在厚道，邻里乡亲交口称赞。

后来，军路爹娘前后脚得了半身不遂，老两口在炕上一躺就是三四年。张三五像儿子一样照顾侍奉，该看病看病，该喂饭喂饭。军路爹娘死后，张三五给他们打迎魂幡，“叔啊”“婶啊”哭得一把鼻涕一把泪，像死了亲爹娘一般。乡亲们感慨地说：“军路的爹娘死了亲儿子，招来的‘儿子’比亲儿子还孝敬。”军路的五个姐姐看到张三五给爹娘养老送终，尽心尽孝，认为即便军路活着，也不一定比得了张三五对爹娘的孝敬。姐妹五个一合计，给娘家的大门挂了一个大牌匾，上书“大德大孝”四个大字。

张三五的好，摆在明处，容易被看到，其实这个家里个个都德行出众。军路爹娘是明白人，能接受张三五到家里娶了自己的儿媳妇，得有多么宽广的胸怀？军路媳妇不改嫁，对公婆不离不弃，把女婿招来一起支撑这个家，个中辛酸恐怕也只有她自己知道。

煳爆咸食

他绰号“煳爆咸食”。这是村里一个半傻的人给他起的，为什么起这样的绰号，没人知道，半傻的人自己也说不清。这绰号是什么意思？我猜测，是由于火大烙的有了煳味的咸食。

煳爆咸食没见过爹娘，他还不记事爹娘就撒手归西了。他有两个哥哥和一个姐姐，姐姐比他大11岁。他是姐姐喂大的。

煳爆咸食兄妹四人从小失怙，在村里又是孤姓，没有人看顾，却也连滚带爬地长大了。

村里人觉得，兄妹四人没爹没娘，活下来已属不易，令人难以相信的是，煳爆咸食的两个哥哥却是十分了得，20多岁就成为村里响当当的人物。

煳爆咸食的爹是个木匠，死的时候煳爆咸食的两个哥哥不过10来岁，不知道是耳濡目染还是应了那句老话——老鼠的儿子会打洞，木匠的儿子会对缝，煳爆咸食的两个哥哥无师自通，居然成了村里有名的木匠把式。在那个年代，修房盖屋，打家具、攒棺材，都需要木匠，煳爆咸食的两个哥哥俨然成了很有用的人。村里的老光棍一群一群的，煳爆咸食的两个哥哥却早早成家了，令人侧目，那些过去最瞧不起他们的人也和他们套起了近乎。更让人不可思议的是，煳爆咸食的二哥还学会了裁缝技术，成为双料人才，买了蝴蝶牌缝纫机，给乡亲们裁剪缝制衣服，成了村里颇受欢迎的人物。

谷子再强也有个瘪。兄弟三人，到了煳爆咸食就成了老鼠的尾巴——一溜细了。人们说煳爆咸食二糊、半调子、缺把火，他没有两个哥哥的灵性，哥哥手把手教，他也没有学会木匠手艺。在生产队干活，力气活他不行，使唤牲口、扶犁把耧这样的把式活，他更不行，只能干些既不需要太大的气力也不需要技术的粗活。

煳爆咸食说话不着调，又不甘寂寞，喜欢抬杠，人称“杠头”，是众人的取笑对象。有一次，就刘家庄距离我们村有几里路这个问题他和别人抬上杠了，别人说是3里，他说是2里。别人说不服他，问他：“陈家庄距咱村几里？”

煳爆咸食说：“2里。”

“那陈家庄距刘家庄几里啊？”

“1里。”

“咱村到刘家庄得路过陈家庄，你说咱村到刘家庄几里？”

煳爆咸食扬了扬脖子：“2里多。”

人以群分，物以类聚，生产队里还有个二二糊糊的家伙，叫老磨，喜欢和煳爆咸食在一起。有一年开春，煳爆咸食和老磨在地边烤火，烤暖和了，他们把棉袄脱下来捉虱子，老磨捉了一个放在煳爆咸食的头发上，说：“我给你放了一个公的。”煳爆咸食捉了一个放在老磨的脖子上，说：“我给你放了一个母的。”一会儿老磨捉了一个大大的虱子放在煳爆咸食的裤腰里，说：“我给你放了个带肚的。”这句话惹恼了煳爆咸食，一脚把老磨踢得躺在地上。老磨并不生气，把棉袄翻过来放在火上烤，一边烤一边用树枝敲打棉袄，只听得虱子掉在火里发出噼噼啪啪的声音。

这场景能让人想起阿Q和王胡来。

煳爆咸食30多岁还是光棍，他做饭的家当只有一个小铁锅。他侄子10来岁的时候，看到他的锅不干净，就帮他刷干净了。他回来把他侄子打了一顿，边打边嚷："王八羔子，你成心害我，谁让你给我刷锅了，把我锅上的印儿刷没了，我做饭都不知道该倒多少水了。"原来，煳爆咸食自己做饭，每天都得参照上顿饭在锅上留下的印儿才知道倒多少水，他侄子把这个印儿刷没了，煳爆咸食居然两顿饭都没敢做。

实行家庭联产承包责任制，生产队的地都承包到一家一户，人们种地积极性空前高涨，锄草施肥浇水都十分及时。煳爆咸食也承包了两亩地，只种一季冬小麦，麦子收割后他就不再种别的庄稼了，整个夏秋季他的地里都长着茂密的乱草，冬天他把乱草一把火烧掉。人们问他："煳爆咸食，你割了麦子也不种棒子啊？地荒着多可惜！"煳爆咸食气哼哼地说："我种棒子干吗？麦子我还吃不清哩。"

对于这种事，人们也见怪不怪了，因为只有这样，才符合煳爆咸食的性格和老光棍们普遍的处事风格。

不知道是什么机缘，煳爆咸食学会了修鞋的手艺，在县城租了房子住下来，天天在县城汽车站旁边给人修鞋。渐渐的，人们传出了闲话，说他手里有了钱，经常有不三不四的妇女出入他租住的地方。

又过了10来年，煳爆咸食突然回到了村子里。有人问他："煳爆咸食，你钉鞋不是挺挣钱吗？怎么又回来了？"再问，煳爆咸食就不再答腔了，低着头走了。人们看着他的背景，感叹道：煳爆咸食老了。

大年三十，有人问他侄子："你咸食叔又进城钉鞋去了？好几天不见他了。"他侄子不好意思地说："别提了，他前几天死了，当天晚上就埋了，没有麻烦乡亲们。"

煳爆咸食死了，如同一个蚂蚁死去一般。

不知道是为什么，那年除夕的鞭炮格外多、格外响。人们抱怨炮声扰得春节联欢晚会都没能好好看。

大五八

大五八有四个姐姐，没有哥也没有弟，爹娘给她起名“五八”。她排行老小，却有大姐风范，又长得人高马大，人们都叫她“大五八”。

大五八2岁生天花，落了一脸麻子，捡了一条命，3岁娘死了，5岁爹给她娶了后娘，15岁就出嫁了。

大五八命苦，在家有后娘，出嫁后有后婆婆——婆婆是丈夫的后娘。

后娘后婆婆，日子不好过也得过。他和丈夫十五六岁开始单飞，最初的家底就是2升小米，吃了上顿没下顿，平时靠给别人家打小工混口饭吃。一年的大年三十，家里一点白面也没有，正月初一的饺子没有着落。丈夫在院子里转了几圈，说：“你弄白菜剁点馅吧。”她说：“没有白面剁馅有什么用？”丈夫说：“让你剁你就剁。”说完头也不回地走了。

她在家剁好馅，一等丈夫不回来，二等丈夫不回来。到了半夜，来了几个人，把他丈夫五花大绑送回来了。原来，她丈夫为了解决大年初一的饺子问题，居然到邻村当了一回梁上君子，刚一出手就被抓获，挨了一顿臭揍不算，又被五花大绑在街里游行了两圈。现在把他送回来，是要赔偿的，实际就是敲诈。大五八一看，抄起盛白菜馅的瓦盔子向邻村的那几个人砸去：“不让活我们不活了，就这点饺子馅你们拿去。”那几个人一看这家里除了冷屋子冷炕和三个嗷嗷待哺的孩子，就剩这个悍妇，哪里去讨便宜？只好悻悻而去。

大五八和丈夫这样跟头趔趄地过日子，其中甘苦只有他们自己知道。难过归难过，孩子没有少生——三个闺女、两个儿子。

大五八生在那个缺吃少喝的年代，遗传基因十分强大，脸上密密麻麻的麻子，没有影响她铁打一样的体质。有一年她坐月子，正是深秋，秋雨淅淅沥沥，到处阴冷潮湿，家里什么吃的也没有，她从地里挖了一筐蔓菁，用手搓搓上面的泥土，就咔咔吃起来了。她大娘看见了说："五八五八，别人坐月子喝红糖水吃鸡蛋都怕落下毛病，你吃这生冷玩意儿，不要命了！"她说："总不能饿死，先吃了再说，管什么毛病不毛病哩！"

生产队的年代，有人干活耍猾偷懒，半天时间"方便"四五次，地里没有厕所，他们故意到很远的庄稼地里解决问题，每次都要磨蹭好长时间。大五八看不惯这个，说他们是"懒驴上套，推屎晃尿"。大五八天生是爱干活的人，干起活来不要命，没有活干浑身难受。有一年麦收干包工，大家来到地头，她为了多挣工分，挥舞着镰刀，嘴里喊着："从这儿到那儿，从那儿到这儿，都包了都包了。"这样一来，弄的别人都没有事干了，引起大家哄笑。为此，她得了外号——大急狼。大五八干活十分利索，和男人们一起锄草，常常把男人们甩后面一大截，别人离地头还老远，她却早已锄到地头坐那儿歇着了。村里人谈到干活，没有不佩服大五八的，夸她是个实干家。

大五八干活不分你我，60多岁的时候，村里遇红白喜事，她都成了大掌勺。她能干，更架不住人敬她，别人喊她一声大姐，再将一个"大掌勺"的牌子在她脖子上一挂，她就高兴得摸不着鼻子了，别人家的事成了她家的事一般，她不仅挥舞着铁锹一般大小的铲子在锅灶上忙活，还处处给主家打算，节省开支。后来几年，她腰疼得直不起来，腿疼走不了路，饭是做不了了，但她也离不开灶台，因为给几百号人炖菜，没有点经验是不成的，她就坐在灶台边指挥，什么菜切多少，油放多少，指挥着别人烧火、翻菜。

大五八的儿女们成家后，家里就剩老两口了，辛苦了大半辈子，该安享晚年了，可她不干活就受不了，天天不是帮着这个儿子家刨花生，就是给那个儿子家剥棒子。有几年村里时兴种葵花，每到葵花成熟时，家家都需要把葵花子砸下来。大五八天天拿着一个小木棒，把自己家的砸完后，走到谁家就给谁家砸，砸完也不吃人家的饭。她儿子看到了就说：“你闲得慌啊，给别人家干活，你有了病人家给你买药？”她儿媳妇更绝，常常和她生气，别人劝她儿媳妇别和老人生气了，每年给你干多少活啊！儿媳妇却说：“哼！她给外人还干活呢，给我家干活算什么啊？不干活她闲得慌。”

大五八老了，腿脚不利索，到地里干活嫌远，在自家院子里种了好多菜：黄瓜、豆角、丝瓜、根大，什么菜都有。老两口吃不完，她送东家一把，送西家一堆。有几个老光棍好吃懒做，就到她家拿菜吃。有时她的菜长得不好，老光棍们还埋怨她：“你怎么不及时浇水啊？”“今年的丝瓜怎么回事啊？不如去年的好吃了。”

大五八辛苦劳作了大半辈子，80来岁腿再也走不动了，想站稳都费劲。就在这当口，她老伴得了脑血栓，除了知道吃饭别的什么都不知道了，晚上炕上拉尿，白天裤子里拉尿。久病床前无孝子，儿女们嫌脏不愿意往前上，大五八自己照顾老伴，天天洗涮，居然让老伴活得还像个人样。

偶尔有人到她家去串门，高兴时说说笑笑，说到不如意处，她就张着大嘴哭，边哭边说："我这是造了什么孽，一辈子一个蚂蚁也没有害过，光对人施好心眼儿。一心想着死后上天堂，没想到活着就进了地狱……哇呜哇呜……"

别人劝她，你还没死，死了肯定上天堂，别着急。

鸡蛋小传

大鸡蛋、小鸡蛋是亲兄弟，一对老光棍，是名副其实的难兄难弟。

大鸡蛋12岁、小鸡蛋8岁时亲娘就死了。时间不长，他爹给他们娶了后娘，后娘只比大鸡蛋大5岁，大长腿、细高挑儿，现在看绝对是好身材，但不符合当时人们的审美观，村里人给她起绰号——高腿鸡子，兄弟俩跟着沾了光，得了绰号“大鸡蛋”“小鸡蛋”。不出三年，后娘给他们生了隔山兄弟，绰号“三鸡蛋”。大小鸡蛋的童年并不金色，但凭着命大，磕磕绊绊也长大成人了。

如果查找大小鸡蛋打光棍的原因，最后结论应当是：不明。因为大小鸡蛋小伙儿挺排场，身材不高不矬，不胖不瘦，眼睛鼻子都长在该长的地方。在大集体时代，大小鸡蛋是壮劳力，干巴大人没有拖累，除了挣工分，哥儿俩还有祖传的做香油手艺。每到农闲，骑个车子，走街串巷，卖香油的铜牌子当当地敲着，挣了不少零花钱。哥儿俩分别盖了新砖房，安着时髦的猫头瓦，在周围一片黄泥房子的映衬下，显得格外青亮。小伙儿不错、“青堂瓦舍”而找不上媳妇，这不是个例，老家一带的农村确有好多原因不明的光棍，所以这事就不要认真探讨了。

大鸡蛋有一句口头禅：打光棍又不是咱开的头。凭着这句话，生活中的种种不幸，都在人们哈哈的笑声中解开了。他是光棍，但生活中却不耍光棍，身上天然一股侠义之气和实诚性格。后娘对他不好，他不记恨，赡养后娘的财物一分不少，有时还单独出钱孝敬。有一年中秋节，后娘迈着小脚去买肉，大鸡蛋看她步履艰难，说：“你别买了，我给你一块子吧。”在生产队干活，大鸡蛋从不耍猾，脏活累活抢着干。有一次，人们在村东浇水稻，垄沟突然憋崩了，跑水的口子越来越大，人们怎么也挡不住，在这关头，大鸡蛋跳进水里，身子横躺挡住水口，单手支着脑袋：“快往我身边挡土。”

也许是小鸡蛋身体不好的原因吧，也许是大鸡蛋更义气一点的缘故，在哥儿俩相扶相帮、跌跌撞撞的生命历程中，大鸡蛋照顾小鸡蛋更多一些。实行家庭联产承包责任制后，大鸡蛋对小鸡蛋说：“你干不了重活，你的地我给你种，收的麦子你拿回去当口粮，收的花生你回去榨油吃。棒子就放我那儿喂猪，卖了钱有你一半，杀了肉也有你一半。”

小鸡蛋一叠连声：“沾沾沾，哥你看着办。”村里人都夸大鸡蛋哥当得好，说爹娘对儿女也不过如此。

在电视机刚兴起的时候，大鸡蛋买了村里第一台黑白电视机，他家成了邻居们的业余文化中心。每天晚饭后，人们纷纷挤在他屋里看电视，不管什么频道，主持人不说“再见”大家不散伙。大鸡蛋家的板凳不够坐，人们就上炕了。人们要吸烟，大鸡蛋供烟，人们要喝水，大鸡蛋供水。他的电视在邻居眼里似乎是大家的，晚上他还没收工，有人就到他家把电视打开了。他早在炕上呼呼大睡了，人们电视还是照样看。问他嫌不嫌麻烦，他说：“有什么法啊，又不是咱开的头。”

“这回你可弄错了，咱们村不是你先买的电视？”

有那么几年，村里有五六个老光棍，每天晚上相聚在大鸡蛋家喝闲酒，夜深人静之时，猜拳行令之声传遍半道大街。有的人羡慕他们自由自在，一人吃了全家饱，但更多的人从那猜拳行令之声中听出了凄凉和放浪形骸。人真是一种奇怪的动物，生命不用为妻子儿女负责了，就没有了寄托和意义，连自己也看轻了，可以胡乱糟蹋了。大小鸡蛋等一班老光棍，每天胡吃海喝，与其说是享受，不如说是麻醉和糟蹋。果不其然，二三年间，一班老光棍中有两个相继得了肝癌，其中就有大鸡蛋。人的性格决定命运，有时也决定寿命。两个得肝癌的老光棍，一个压力太大，不出两个月就呜呼哀哉了。大鸡蛋则不然，他说："癌症又不是咱开的头。医生不让我吃肉了，不让我喝酒了，我才不听呢。不吃肉我吃什么？不喝酒我喝什么？早晚都得死，又不是咱开的头。"他这种不合科学道理的"养生之道"，偏偏让他更长地延续了生命，肝癌查出来后，他又活了好几年才死掉。

大鸡蛋死了，小鸡蛋没了依靠。怎么办？他去投靠三鸡蛋。三鸡蛋视小鸡蛋为亲哥哥："你放心，大哥怎么照顾你我也怎么照顾你。"春天，三鸡蛋在小鸡蛋地里下菜秧，菜秧拿到集市卖，卖的钱给了小鸡蛋。秋天，用收的玉米养猪，杀了猪肉一人一半。三鸡蛋的媳妇言语不多，心地善良，不嫌小鸡蛋拖累，还常给小鸡蛋送饭吃，如同侍候父母一般。有一天晚上，小鸡蛋不想做饭，想着去三鸡蛋那儿吃饭又不好意思直接开口，蹲在门口抽烟，三鸡蛋媳妇看出来了，说："二哥，你还到我家吃饭。你烧火，我擀面。"

大年三十包饺子，小鸡蛋边包边擦鼻涕，吸溜吸溜地，一般人看了都恶心，三鸡蛋夫妇却不嫌弃。

就这样，大鸡蛋死后，小鸡蛋又活了10来年，也呜呼哀哉了。

大小鸡蛋死后，人们觉得三鸡蛋该赡受他们的房子和财产，三鸡蛋却说："我娘还活着，都交给她吧，让她多一份养老的钱。"

好人五婶

五婶的老公五兰香，在村里辈分高，五婶嫁过来，成了全村人的五婶。五兰香不精明也不糊涂，是庄稼汉但农活没学全，对于出粪、拉车的重活，他又没有那个力气，赶车扶耧这种把式活更不能指望他。在生产队里，他只能算舞台上跑龙套的小角色，有他不多，没他不少。

五婶就不一样了，长得身材高大，在外面，下地干活巾帼不让须眉，拉大车能像男人一样驾辕，使唤骡马这样的大牲口也不在话下，驾驶东方红12马力拖拉机拉土送粪、犁土耙地样样能行。在家里，缝补浆洗、画花绣花、炒菜做饭，样样都能拿得起来。不光如此，五婶说话办事有着男子的爽快利索风格，而且周全细腻。邻里乡亲聘闺女、坐月子、死人、娶媳妇，她都能照顾周到。自从五婶嫁给五叔，人们就光知道五婶而不知道五叔了。

五婶乐于助人，特别是对一些老光棍。她觉得老光棍们不容易，一辈子下来没落头，经常打听，四处帮着老光棍们抱养小孩。小孩从哪里抱？有的是家里想要男孩却生了女孩不想要的，有的是超生后不想要的，有的是弃婴。

小孩抱来了，老光棍养不了，她就帮老光棍养着，给小孩做衣裳，喂奶粉，洗尿布，做玩具。孩子长到两三岁，就脱手让老光棍自己养。

十几年来，五婶帮着几个老光棍抱大了五六个孩子。这些孩子都很有出息，承继了老光棍的香火，让他们老有所依，更重要的是给他们带来不少的精神慰藉。

在村里，五婶的“绯闻”不断。有人说那都是瞎编排，五婶只是可怜那班光棍，其实没有那事。有人说五兰香配不上五婶，就算有真事也没什么。有人说有没有真事，五兰香最有发言权，五兰香不说，别人有什么说的呢？尽管有种种议论，村里人对五婶却颇有敬意。如果做一个民意调查，让人们回答五婶是什么样的人，得到的答案或许是——好人。

香　菊

香菊长得不算漂亮，但绝对不难看，拿老百姓的话来说，就是黑巴儿巴儿的，耐看。香菊小时候，她爹娘给她算过一卦，算卦的说她克夫，命里无夫。这样的八卦，没有人当真。

特殊时期，香菊上中小学，在那个年代学习成绩好不好不重要，但是老师同学都知道她学习“可沾哩”。香菊高中毕业后，回村生产队上工挣工分。穷人的孩子早当家，香菊从小帮着爹娘干活，长得结结实实，胖胖壮壮，在生产队里和成年男子一起干活，也不落下风。后来，村里传出香菊和一个有妇之夫关系不错的闲话。有人说她“疯”，有人说她“傻”，不管是不是真有其事，香菊的美好形象都受到了很大的影响。

高考制度恢复后，香菊看着上学期间学习成绩不如她的同学考学成功了，有点不服气，遂放下手里的农活，到学校复习备考，可能是运气不佳吧，三度高考三度名落孙山。年龄越来越大，她只好收起了升学的念头，稀里糊涂嫁人了。

嫁人的下一个节目是生孩子，她一连串生了三个儿子。别人羡慕她，她却说：“三个臭蛋，不大一个，不小一个，愁死个人。”愁归愁：“从地里回来，臭小子们往怀里一钻，所有的苦和累，疲和乏都没有了，只剩下幸福和甜蜜。”日子就这样在愁和乐的交替中，一天一天地过着。三个儿子渐渐大了，不累人了，但转眼到了为他们盖房子娶媳妇的时候了。一个儿子盖房娶媳妇爹娘都得脱层皮，她却有三个儿子！

就在给大儿子盖房子的紧要关头，香菊的丈夫突然得了半身不遂，瘫在了炕上。一下子顶梁柱倒了，这日子可怎么过啊！难过也得过，香菊除了伺候瘫痪在床的丈夫，还得耕种承包的土地，照看年幼的儿子。她不怕吃苦，但这一路跟头趔趄，也真够她受的。一个妇道人家，开三马拉土粪、拉粮食、运秸秆，开柴油机抽水浇地，实在干不了的时候，她就坐在地头放开嗓子哭一场。

有个老光棍叫老臭小，和香菊的丈夫关系不错，在香菊丈夫身体好的时候，香菊两口子没少帮衬老臭小。现在，老臭小看着香菊一个女人种地太难，有时帮着香菊开开三马车，把土粪送到地里，地里的庄稼收了，帮着往回拉，香菊摇不开柴油机，老臭小就帮她安柴油机抽水浇地。香菊过意不去，也给老臭小洗洗涮涮、缝缝补补。这样鱼帮水水帮鱼，虽然还是不容易，但日子也一天天过去了。

这样过了三年，香菊的丈夫还是死掉了。老臭小和香菊名正言顺地结合了，香菊总算可以松一口气了。老臭小帮着香菊给大儿子、二儿子盖上了房子，娶了媳妇成了家，日子出现了很大的转机。可谁也没有想到，老臭小得了和香菊前任丈夫一样的病——半身不遂，没有半年居然撒手人寰了。

根柱有一儿一女，都成家了，日子过得挺好，谁知媳妇50岁不到就得病去世了。根柱平时收破烂儿，后来，香菊和他搭伙了，两个人相互帮衬着做生意。香菊和根柱同居但没有结婚。两个人约定：做伙计夫妻，一起收破烂儿，挣的钱二一添作五，承包的地一起种，谁家地里打的粮食谁家要。就这样风里雨里，两人都信守君子协定，日子这样一过就是好几年。这期间，根柱的儿子不孝敬，根柱和香菊辛辛苦苦种的粮食，他儿子会强行收走，不给根柱，根柱没有了吃的，香菊就让他吃自己那份。根柱的儿子对根柱和香菊这种伙计夫妻很不满意，见了香菊经常口出恶言，有一次争吵起来，根柱的儿子居然动手打了香菊。

香菊和根柱没有退缩，依然过着伙计夫妻的生活。不过造化弄人，说来难以置信，根柱也得了病——半身不遂，时间不长就呜呼哀哉了。

对香菊的遭遇，有人唏嘘，有人说风凉话，让人难以接受的是，香菊的小儿子，20多岁年纪，在外面打工，竟然从7层楼上掉下来摔死了。

香菊、香菊，你为什么要在今生今世承受这些呢！

猛一起

他从小死了爹，他娘带着他嫁到了我们村，人们背后叫他带罐儿。

他40多岁娶了个寡妇，寡妇给他带来了一儿一女。他当完继子当继父。寡妇不仅给他带来了儿女，还带来了财产，各种家当拉了好几辆马车。没过多久，他把原来的小破房翻新成砖房。一向困顿的他突然发迹，人们给他起了绰号——猛一起。

也许猛一起对当继子的苦处体会太深了吧，也许他天生就是好心肠的人吧，他对继子继女都非常好，视同己出。到地里干活的时候，他常常拉着小人力车，让媳妇孩子坐在上面，一家人嘻嘻哈哈地往地里走。干了一上午活，大家都累了，他还让媳妇孩子坐在车上把他们拉回来。有时候，他自己到地里干活，媳妇孩子在家里嗑着瓜子，看着电视，外人都为他抱不平，但他从来不抱屈。猛一起过惯了穷日子，钱一分也舍不得花，但只要媳妇孩子需要，眼都不眨就会把钱给他们。鸡蛋在当时算是好东西，猛一起不舍得吃，全让媳妇孩子吃了。有人和猛一起开玩笑："你这只老公鸡，咯咯咯咯，把好吃的叼起来放下，叼起来放下，让老母鸡和小鸡崽吃。"

他的继子长大娶了媳妇，他对小两口也是好得没边，对儿媳妇如同对待自己闺女那样疼爱。后来儿媳妇生孩子难产，孩子死了，儿媳妇的子宫也摘掉了。猛一起的媳妇、儿媳妇为此哭得一塌糊涂，猛一起怕她们哭坏了身体，不顾老公公月子里不能进儿媳妇屋的禁忌，到屋里安慰儿媳妇："别哭了孩子，哭坏了身子咋办啊，以后咱给你们抱养一个孩子不也一样吗？"虽然猛一起反复劝说，但儿媳妇钻了牛角尖儿，觉得自己年纪轻轻失去了生育能力，不久便郁郁而终了。

猛一起的继子成了光棍，过了几年，娶了个寡妇，寡妇带来了一个小男孩。猛一起就是这么个人，不管是谁，只要进了他的家门，他都一样看待，什么亲的后的，对他来说没有一点分别。他整天带着孙子四处游逛，乐淘淘的，如果不了解真相，没有人能看出这其实是没有任何血缘关系的爷孙俩。

人们敬佩猛一起，说他心好命不好。有的人说，猛一起家的宅院风水不好——不管谁，只要住到这个院子里，血脉都传不下去。

不管猛一起听说没听说这个说法，他都照常疼爱他的继子继孙。

老占方

他家是富农，“平分”时房子被平分了。爹给他起名占方，人们叫他“老占方”。

特殊时期，有人说，他爹给他起的名，是对“平分”记恨在心，想让儿子永远牢记占他家房子的仇恨。为此，他爹被游斗了好多次。

老占方一表人才，没有受过多少教育，却喜谈古论今，号称百分之百读得懂《聊斋》，百分之八十读得懂《列子》。老占方无师自通，二胡、笛子也能耍。晚饭后，他经常吱吱呀呀、嘀嘀嗒嗒地弄上一段不知名的曲子，在文化生活贫乏的偏僻乡村，也能悦人身心。特别值得一提的是，老占方慢慢开始给人把脉开方、输液打针了，成了半个医生，而且这竟成了他的谋生手段。

老占方40多岁来了一段“夕阳红”，“老房子着火”一般轰轰烈烈，给他灰暗的人生平添了一抹亮色，也给村里平淡的生活添加了许多的笑料和谈资。

改革开放之初，老占方开了一个小鞋厂，雇了五六个小姑娘给他打工，一来二去，其中一个20岁出头、文文静静的女孩和他好上了。人们骂他不地道，一个老光棍和一个小姑娘好上了，不是胁迫也是拐骗。

老占方和女孩要结婚，女孩爹娘死活不同意，但经不住女孩死缠硬磨，勉强同意了。老占方娶亲那天，吃喝的酒菜备得一应俱全，红红的喜字、喜幛挂满了院子。一大早，老占方就率领几辆马车和一干人马，浩浩荡荡开往新娘家迎亲。让他想不到的是，一把大大的铁锁冷冰冰地挂在新娘家紧闭的大门上。老占方一下子傻了眼，一等没人，再等没人，直到日头偏西还不见人。没有办法，耷拉着脑袋往回返吧。

娶亲吃了闭门羹，老占方丢不起这个人。回家路上，他把花花绿绿的花轿都拆了，锣鼓也收起来了，可谓偃旗息鼓。路上有不明就里的熟人问他："赶着车干什么去了？"他尴尬地说："去拉石头了，没拉上。"

这事之后，老占方茶了好几天，躲在家里不出门。不过他没有死心，暗中和那姑娘取得了联系，姑娘里应外合，一个冬夜，老占方弟兄几个对丈人家实施了偷袭，成功将媳妇抢到了家。据说，姑娘对爹娘干涉她的婚姻非常不满意，出家门时一件衣服都没有穿娘家的，穿老占方为她准备的衣服逃离了家门。

老占方对媳妇好得没边儿，顶在头顶怕吓着，含在嘴里怕化了，恨不得天上的星星月亮都摘下来哄媳妇高兴。

老占方娶了小媳妇，乐呵了好一阵子。夏天，两口子到房顶上，二胡、笛子一起上，一个吹拉一个唱。对此，没人说这是浪漫、爱情，而是百般的看不惯，说他们神经病、没廉耻。

也许是乐极生悲吧，老占方抢回媳妇不到一年，媳妇生病了。什么病？不知道，老占方在家给媳妇治了几天，不见好转便送到了县医院。在县医院，医生给开药的过程中，老占方总挑医生的毛病，说用这药吧用那药吧，把医生惹恼了："你既然知道用什么药，还来我们这儿干吗？你去看着用药去吧。"老占方又把媳妇拉回来了，可怜花骨朵一般的媳妇突然香消玉殒了。

再舍不得，人死了也得埋。

更稀奇的是，人埋了三天后，岳母来到老占方家，说："昨天晚上我闺女给我托梦了，说她又活了，你把坟挖开咱看看。"

这正合老占方的心意。事不宜迟，老占方扛上家当，带上老岳母直奔媳妇的坟头。好在新坟的土没有冻实，很快就挖开了，老占方将棺盖打开，叫了两声，媳妇没有回音，掐了两把，媳妇的身体硬邦邦的。他不死心，和老岳母坐在坟坑旁边等着，盼望媳妇能醒来。从旭日东升到夕阳西下，整整一天媳妇也没动静。一个和老占方关系不错的人说："方子，别胡闹了，快点把坟填上吧。"

我倒觉得，这是一段凄美感人的爱情故事，挖坟一节甚至可与《梁山伯与祝英台》相媲美。

后　记

家乡有许多二楞子、二傻子，他们可怜、可笑、可恨，也可爱、可敬，他们是真实的芸芸众生，如同村东河边沙滩上的毛毛草，柔弱、坚韧，生生不息。10来年前，我就想为这些“基本群众”作传，目标是用粗疏的线条勾画出家乡的小人物，凑成一本书，作为《逝去的甜甜根——早年印象》的姊妹篇。刚开始写得顺手，很快完成了三四十篇，之后手头素材渐渐枯竭，也没有下功夫搜寻，这事就停顿下来了。渐渐地，写作偏离了目标，题材东一榔头西一棒子，得写什么就写什么。为二楞子们作传的想法，因懒散二字作怪，盘算着退休后再完成。

钱锺书说：“相传幸运女神偏向着年轻小伙子，料想文艺女神也不会喜欢老头儿的。”[①]况且，随着年龄的变化，创作的冲动会不断衰减，多年前定下的目标，未来也许幻化为泡影。过去零零星星的文稿不成体系，没有“逻辑”，趁着还有一点心情，我进行了修改打磨，加以梳理分类，不管是否合理，散文、随笔类放在前面，人物小传放在了最后，形成了这部书稿。

---

① 参见钱锺书：《围城》，人民文学出版社1991年版。

常常见到书的扉页有“谨以此书献给……”的字样。钱锺书对此不以为然：“随你怎样把作品奉献给人，作品总是作者自己的。”[①]钱老的话给了我理论根据，我把这本书作为“献礼工程”，献给自己即将到来的“一事无成雪盈头”的60岁。

既然是“献礼工程”，难免仓促和粗制滥造。拣到篮子里就是菜，尽管杂乱些，也顾不了那么多了。

需要特别说明的是，对于书中的人物和故事，已做了许多“张冠李戴”“杂取种种人”的功夫，为了表达一点什么“意思”，进行了必不可少的剪裁、补充和加工。

衷心感谢多年来关心和支持我写作的各位师友，没有你们的鼓励和帮助，我的写作就不会坚持到今天。衷心感谢中国法制出版社的领导和各位编辑老师，没有你们的错爱，这本书就不会得以出版。

作　者

二〇二一年八月

---

① 参见钱锺书：《围城》，人民文学出版社1991年版。

图书在版编目(CIP)数据

微风吹过毛毛草 / 左志国著. — 北京：中国法制出版社，2022.1

ISBN 978-7-5216-2453-3

Ⅰ. ①微… Ⅱ. ①左… Ⅲ. ①散文集 - 中国 - 当代 Ⅳ. ①I267

中国版本图书馆CIP数据核字（2022）第005214号

责任编辑：吕静云　　封面设计：李　宁

微风吹过毛毛草

WEIFENG CHUIGUO MAOMAOCAO

著者 / 左志国

经销 / 新华书店

印刷 / 北京虎彩文化传播有限公司

开本 / 710毫米 × 1000毫米 16开　　印张 / 13.75　字数 / 164千

版次 / 2022年1月第1版　　2022年1月第1次印刷

中国法制出版社出版

书号 ISBN 978-7-5216-2453-3　　定价：55.00元

北京市西城区西便门西里甲16号西便门办公区

邮政编码：100053　　传真：010-63141852

网址：http://www.zgfzs.com　　**编辑部电话：010-63141781**

市场营销部电话：010-63141612　　**印务部电话：010-63141606**